THE HIGHLIGHTS OF FOREIGN POPULAR FICTION
海外故事会 第三辑

剑桥谋杀案

Cambridge Murder

[英] 亚当·布鲁姆——著

李婷婷——译

上海文艺出版社
上海故事会文化传媒有限公司

名家导读

/刘敏霞

刘敏霞，中国地质大学外国语学院副教授，复旦大学英语语言文学博士后，硕士生导师，美国加州大学洛杉矶分校访问学者，世界英语短篇小说协会会员。主要研究领域为英美文学和西方文艺理论。出版专著一部，译著一部，在《外国文学评论》《当代外国文学》等本专业核心期刊上发表学术论文二十余篇，主持国家哲学社会科学基金研究项目一项，教育部社会科学研究项目一项，省级社会科学研究项目两项。

亚当·布鲁姆（Adam Broome）这个名字，中国读者或许会有些陌生，但是在悬疑作家辈出的英国，他却是个不可忽视的人物。在悬疑小说的次文类"校园谜案小说"（也有人称为"学术悬疑小说"）中，他的作品独树一帜，通过精彩绝伦的故事，掀开当时不容忽视的社会问题，从一众通俗悬疑小说中脱颖而出。

众所周知，美国作家埃德加·爱伦·坡（Edgar Allan Poe, 1809—1849）被认为是西方悬疑小说的鼻祖，他在《莫格街谋杀案》《玛丽·罗杰疑案》《被窃的信》等故事里，成功地开创了侦探类悬疑小说的先河。但是，在文学的虚构世界里将犯罪行为和侦破过程设置在高等学府，则是英国著名作家亚瑟·柯南·道尔（Arthur Conan Doyle, 1859—1930）的首创。1904年，柯南·道尔创作了两篇以大学校园为背景的悬疑小说，分别是《三个大学生》和《失踪的中卫》。《失踪的中卫》讲述的是剑桥大学橄榄球队员在与牛津大学橄榄球队比赛前夜神秘失踪并最终找到的故事，该小说虽然以虚构的剑桥大学为背景，但从故事内容上来说，并不能算是校园谜案；《三个大学生》则是严格意义上的校园谜案，小说中，大侦探夏洛克·福尔摩斯前往某大学研究早期英国宪章，受该校圣卢克学院老师的邀请，调查一起考试试卷盗窃案。嫌疑人、作案动机、案发现场、侦破过程等都设置在大学校园里，为了避免学校丑闻公布于世，影响学校声名，故而请私人侦探进行秘密调查，这些都是校园谜案的特点。小说结尾处，在福尔摩斯发现盗窃试卷者之前，案犯已经准备坦白罪行并离开英国，因此，象牙塔的纯净圣洁并未受到玷污。

柯南·道尔的上述两则短篇问世不久，美国作家杰克·福翠尔（Jacques Futrelle, 1875—1912）发表了久负盛名的《逃出13号牢房》，成功塑造了拥有"思考机器"美名的天才教授、私人侦探凡杜森的形象。1910年，英美文学史上第一部长篇校园谜案小说《无辜的杀人犯》诞生；1911年发表的美国作家亚瑟·瑞夫（Arthur B. Reeve, 1880—1936）的《有毒的钢笔》也属该类小说。不管篇幅长短，这类小说自诞生后相当长一段时间内发展缓慢，数量也极其有限。据统计，从1920年代末至1930年代的十来年间，英国、美国发表的校园谜案小说加起来不超过五十部（则），要知道这一时期可是悬疑小说（也叫神秘小说、侦探小说、推理小说、犯罪小说等）的黄金时期，曾被人用"名探满街走，名作天天有"来概括，其盛况可见一斑。英美文学史上第一部描写牛津大学校园谋杀案的小说是1928年出版的《闸边足印》。第二年，亚当·布鲁姆的《牛津惨案》便问世了，并取得了巨大成功。

亚当·布鲁姆，原名戈弗雷·沃登·詹姆斯（Godfrey Warden James），1888年生于伦敦。在牛津大学接受教育，毕业后曾先后就职于受托储蓄银行协会发展办公室，当过小学老师，做过律师，还曾在沦为英国"保护地"的塞拉利昂政府任行政官员。尝试了多种工作后，布鲁姆才加入侦探小说创作行列，并取得了意想不到的成功。在非洲的经历为布鲁姆提供了丰富的创作素材，他的所有小说均不同程度地和非洲及非洲人有关。

亚当·布鲁姆的小说大致可以分为两类：一类以伦敦警察厅总督察布拉姆利为中心探案人物，以世界闻名的高等学府为背景的侦探类悬疑小说，包括《牛津惨案》和《剑桥谋杀案》；另一类是以非洲为背景、以英国专员丹泽尔·格里格森的经历为故事主线的系列悬疑小说，包括《死亡岛》《女王大厅谋杀案》《鳄鱼俱乐部》等。

《剑桥谋杀案》发表于1936年，当时正值悬疑小说的巅峰时期。《剑桥谋杀案》虽然遵从了悬疑小说的基本模式，如"悬疑案件＋侦探"的体系，围绕发生在虚构的剑桥大学的三起谋杀案，以伦敦警察厅的总督察布拉姆利警官为中心探案人物，用以误导读者的可疑人物，不起眼的低调凶手等，但也在不止一个方面力求突破，其中最引人瞩目的便是小说背景，即虚构的剑桥大学。大学诞生于中世纪的欧洲，创立大学的最初目的尽管和宗教密切相关，但近千年的发展和演变过程中，大学始终被视为远离世俗和罪恶的象牙塔。将大学和犯罪，尤其是谋杀等重罪并置，这两者本身似乎就具有不可兼容性，这也是为什么第二次世界大战之前的校园谜案小说虽然将案发现场设置在大学校园里面，但最终案件被侦破时发现作案者往往来自校园以外。第二次世界大战后，随着悬疑小说日益关注社会现实问题，校园谜案小说对象牙塔和大学的描写才有所改变，变得越来越负面、越来越黑暗，甚至丑陋不堪。《剑桥谋杀案》中三起谋杀案的作案现场均设置在虚构的剑桥大学校园里，并以现实中剑桥大学真实的样貌为小说背景，这本身就足以成为该小说的一大亮点和卖点，而小说中频繁出现的三一学院 (Trinity College)、国王学院礼拜堂 (King's College Chapel)、康河 (punting)、后花园 (the Backs) 等，都是目前剑桥大学的人气打卡地。

在《剑桥谋杀案》问世之前的校园谜案小说中，为了免责，作者往往在小说中虚构一所大学，并给这所大学取一个现实中并不存在的名字，不管这所虚构的大学和现实中的某所大学多么相似，但如上文所说，第二次世界大战之前的校园谜案小说往往在真相大白时发现作案者并非该校学生或教员，从而使得学校的声名得以保全。《剑桥谋杀案》发表的 1936 年，在悬疑小说这种以解谜为核心的类型文学中，小说设置的时间和空间与小说主题的相关性并不大，主要是以谜案发生的背景而存在，但亚当·布鲁姆在这部小说中以现实中真实存在的高等学府，尤其是剑桥大学这样世界闻名的古老学府为故事背景，这本身就引人注目，既能满足没有机会亲历剑桥大学的读者的好奇心，也会让曾经去过剑桥大学的读者产生一种故地重游的熟悉感。

尤为值得一提的是，《剑桥谋杀案》虽然以剑桥大学为谜案现场，但案件的发生和探案过程都和非洲及非洲人有着千丝万缕的联系，涉及贯穿西方历史的重大社会问题，即种族歧视和种族矛盾，预示着校园谜案小说，乃至悬疑文学这个文学科目发展的伟大转向，即从对诡计和逻辑的迷恋与追逐，转向对凶杀背后的社会原因的反思。

需要注意的是，文学是时代的产物，进行文学创作的人也很难摆脱时代的束缚和局限性，亚当·布鲁姆也不例外。《剑桥谋杀案》创作的年代远在民权运动之前，当时西方主流社会对非洲文明和非洲人的看法还比较浅薄，甚至偏激，因此当时的文学作品对非洲的艺术呈现和对非洲人的形象塑造均带有强烈的歧视色彩，比如该小说的核心人物、人类学家韦奇伍德·坎伯利教授对非洲和非洲人怀有毫不掩饰的歧视甚至敌意，还有小说中少数剑桥学生对来自非洲的学生的反感和排斥等，现代人再去阅读会感到不适。但瑕不掩瑜，作为校园谜案小说的先驱，亚当·布鲁姆不应当被遗忘；他的小说被大英图书馆再版，充分说明了他的重要价值。国内开始关注和译介这个被湮没已久的作家，对于校园谜案小说迷和研究者来说，不失为一件值得欣慰的事。

Contents

大学惨案　1

谁是凶手　11

黑色魔法　20

教授解释　29

难解之谜　35

徒劳无功　44

陷入僵局　53

圆桌会议　63

非洲田园　77

不速之客　85

意外转折　97

业余侦探　109

未知情况　116

非洲噩耗　124

在帕克台　129

情况紧急　137

神秘子弹　144

手枪俱乐部　155

复仇联盟　167

清新气味　179

缺失环节　187

浮出水面　198

教授归来　204

重大突破　213

关键证人　220

真相大白　234

大学惨案

一个深秋十月的上午，阳光明媚，空气中弥漫着丝丝刺骨的寒意。对于秋末冬初的季节而言，前天夜里到来的寒潮是非常罕见的。一群看上去像大学生和教员的人，正在饶有兴趣地讨论着，如果寒潮再持续几日的话，一两天后就可以去沼泽区滑冰了。

三一学院的大厅已经人满为患，因为今天人类学的教授是赫赫有名的韦奇伍德·坎伯利先生，一位剑桥钦定讲座教授。他授课经验非常丰富，知道如何巧妙地处理话题，让课程变得生动有趣，从而吸引听众的注意力。按照惯例，韦奇伍德教授总是要迟到一会儿，因为他不喜欢在听众没有全部到齐前开始授课。据说，一旦大厅门关闭，如果有轻率的学生偶尔无意打断他的授课，他就会暂停几分钟。

韦奇伍德教授身材高大，枯瘦憔悴，看上去有一些粗俗。从他的讲话中，可以听出一丝约克郡的口音，对此他似乎无意进行遮掩。他大约六十岁出头，但是看上去显得更年轻一些，那双蓝色的眼睛本就炯炯有神，在浓密的灰色眉毛的衬托下，显得越发坚毅严厉。他头发稀疏，脸色蜡黄，衣服总是邋里邋遢，完全不符合人们心目中的教授形象。他似乎从来没有使用过伟大的熨烫机——那台或许是重要的匿名人士慷慨赠送的圣诞礼物。

韦奇伍德教授今天上午的课程按计划应该是十一点开始的。在十一点五分的时候，他已经进入了大厅，然而到了十分的时候，他依然沉着地站在讲台前，打量着他的学生。底下的学生们已经将书本打开，手里握着笔，准备记录笔记。

他们是一群肤色各异的人，在大部分的白色面孔之中夹杂着少数的黑色、橄榄色、棕色、黄色甚至是红色的面孔。在最靠近他讲台的一张桌子上，教授注意到了那个鹰钩鼻子，黑色眼珠的黄色面孔。他是本学期初被三一学院录取的莫西干高级印第安人。

雅利安人、犹太人、西非的黑人、孟加拉国和旁遮普的印度人、来自远东的中国人和日本人——在韦奇伍德教授的学生中，有大量的

2

材料可以用来实际演示教授的课题，根本无须求助于人类学博物馆那些玻璃展柜。

教授站在高高的讲台上，他仿佛在审视这个世界的缩影。在等待学生最后一丝窸窣声静下来时，他在思考着——每个学生在外面这个世界的未来会是什么样？他略带疑虑地想知道自己花费一生所研究的知识究竟有多少能为学生所用。

大概有那么一分钟左右的时间，大厅里像死一般的沉寂。但是韦奇伍德教授仍然没有任何动静，他仿佛陷入沉思之中。礼堂里又听见了长袍擦着凳子和桌子的声音、钢笔在桌子和笔记本上的敲打声。每个人都任由自己的思想肆意驰骋，人们的思想仿佛已经来到了城外的沼泽地：寒潮还会持续吗？明天可以滑冰吗？

突然之间，韦奇伍德教授从自己的遐想中清醒过来，他把面前打开的笔记本纸张抚平，清了清嗓子，打算开始自己的授课。学生们的纸笔已经准备就绪，大家的思想也从那寒冷的乡下回到了阳光普照的西非平原和沼泽之中——这是教授在沉思之后传递的信息。他致力研究大自然的神秘力量对于黑人思想的影响，如何通过迷信的方式让周围的事物灌输进他们的思想和性格之中。这种形成方式和欧洲的白人是截然不同的。恐惧是他们生命最主要的组成部分：恐惧大自然的力量，恐惧周围掠食的野兽，恐惧决定他们命运的白人种族势力，恐惧生存在这片古老土地的森林、河流和山峰中诸神鬼怪。这种恐惧，反过来又孕育了仇恨和猜疑——这是思想的毒药，而这也正是许多教派的传教士竭尽全力要去根除的。

教授的学生们将几分钟前占据他们思想的溜冰鞋和滑冰运动抛在一边，准备把教授的结论写下来，以便于他们更好地了解这些因素对个人性格以及对整个民族的影响。

"先生们，你们或许认为，"教授开始讲话了，伴随着数百支笔在笔记本上沙沙作响，"当我们开始谈论秘密社团、俱乐部之类的时候，我们稍稍偏离了学院派人类学家的常规。其中有许多学者是非常杰出的人，一旦他们测量了一些头盖骨，研究了这个或那个部落的饮食问题，他们就完成了自己声称为之奋斗的科学目标所需要的一切工作。正因为这个原因，我被看作是一个异端，那些住在大学百里之外的绅士们指责我是一个耸人听闻的小说家、一个犯罪学者、一个试图刺激那些取得新成就后就止步不前的探索者。"

他略作停顿，继续说道："难道生活不就是这样吗？难道人类的天性不就是我们所在世界中最有趣的东西吗？如果我们想要了解和人类学相关的所有知识，例如人类科学，更加具体地说，如同字典中定义的那样，作为社会动物的人类——那么看上去不正常的人类不也应该像正常的人类一样需要我们的关注吗？"

有人窃窃私语表示赞同，教授用他那浓密、凶巴巴的眉毛下的眼神把这种声音扼杀了。学生们像老鼠一般安静。这次讲座有可能会比平常更加有趣。片刻之后，韦奇伍德教授的脸色突然变了。学生们像之前一样兴高采烈，但是很显然，先前的兴奋是源于他们对教授的话题感兴趣而引起的，而现在学生们却从教授的表情中觉察到一种强烈的憎恨和厌恶。聚集在礼堂里的学生们，一个接一个地抬起头来，当他们找到教授讲话停顿的原因时都激动起来。

　　韦奇伍德教授的身体一动不动，但是他的眼皮抽搐了一下，使他的浓密眉毛以一种不可思议的方式抖动着。正如一个三一学院的人对坐在他旁边的一个克莱尔学院的人说的那样，他看上去更像丛林里的一头野兽，而不像一所古老大学里某个学科的严肃教授。教授朝门口的方向凝视。门轻轻地被打开了，所有人悄悄地转过身，想看一下后面到底发生了什么事情。一个身穿其他学院校服的非洲学生，笨手笨脚地进入大厅，想趁大家不注意在靠近门口的地方找个位子坐下来，然而却发现这里早已座无虚席。

　　教授脸上那凶狠的表情消失了，就如同它出现时一样的突然。这几分钟的气氛紧张得令人窒息。学生们都松了一口气，再一次转向他们的笔记本，准备记录下这位不守陈规的教授的授课内容。

二

现在是下午茶时间。在苏塞克斯学院顶层一间舒适的老式房间里，三年级学生杰弗里·克莱斯顿正在招待来自三一学院的几位老朋友。

"看起来，我们总算可以去滑冰了。又开始结冰了，那个对剑桥很熟悉的看门人说，肯定会整夜都结冰。"

"说到冰冷，我能联想到对别人冷眼相对之类的词汇。如果这种情况在现实生活中真实存在的话，我敢说老坎伯利今天早晨就做到了，就是他被那个来自圣约翰的非洲学生打断的时候。"

说话者是杰弗里·克莱斯顿在三一学院的一位朋友。上午，他们两个一起出席了韦奇伍德教授在学院礼堂的讲座。

当仆人走进来，准备茶点松饼和黄油做成的凤尾鱼吐司时，房间里一片寂静。在这个冬天的下午，这些东西格外受欢迎。当只有这三位朋友在一起的时候，他们的话题又转到了早上发生的事情上。

"我不太理解，"杰弗里·克莱斯顿说，"当然，人们对幽灵和唯心论的兴趣再度高涨——我觉得不需要如此花费精力，来研究某些人或某个地方愿意相信那些关于狼、女巫、吸血鬼之类的古老故事和传说背后的某些东西是真实的。"他的结尾有些蹩脚。

"我不明白，这些和韦奇伍德教授对一个不幸的非洲穷人怒目而视有什么关系，这个非洲人只是今天早上的演讲碰巧迟到了几分钟而已。"

帕特·弗莱姆利是个实事求是的年轻人，尽管他和两个同伴一样，准备大学毕业后去西非当公务员。带着年轻人的自信和经验不足，他不愿意推崇超自然传说，即使这些传说与他不太熟悉的非洲息息相关。

"我也不能理解。"第三个大学生彼得·巴沙特也加入了讨论。他曾在前一年代表剑桥大学参加了与牛津大学的冰球比赛。由于天公不作美，比赛只能在伦敦的一个室内溜冰场上进行。今年预计会有一个非常寒冷的冬天，这个活动可能会在露天的天然冰场上举行。对这种可能性的期待比任何关于巫术理论和推测都更让他激动，或许在他看来，非洲根本就不存在巫术。

"你们两个太实事求是，玩世不恭了。"杰弗里·克莱斯顿又拿了一块黄油松饼，表示对超自然事物感兴趣并不一定影响并超越拥有物质享受的头脑，"我忍不住猜想，就像我们知道的坎伯利一样，有人涉足过非洲，或者其他地方的秘密社团和巫术的历史。年复一年，执着于此，他一定会开始有点相信他所教授和研究了这么多年的课题。"

"可是，"帕特·弗莱姆利边说，边大口吞咽了一块凤尾鱼吐司，来表明自己强烈的唯物主义立场，"这和早晨坎伯利慷慨送给那个可怜的卡拉瓦冰冷的眼神有什么关系呢？用普通的方式来解释肯定更容易吧？大家都知道这个老家伙上课特别讲究准时，尤其是在他自己的课上。在我看来，我们用不着找超自然力量解释今天早上发生的事情。"

杰弗里·克莱斯顿笑了，那是一种优越感十足的笑。"你们看他的表情，不论是眼睛，还是面部。难道你们觉得这仅仅是一种普普通通的愤怒表情吗？就是因为人类学讲座前，被一个非洲新生打断而产生的愤怒吗？"

弗莱姆利和巴沙特都认为不是，于是克莱斯顿继续阐述他的理论。

"我相信韦奇伍德教授已经把自己的研究刻在脑子里了。关于他所谓的变形食人行为——能够把自己变成某种野兽或爬行动物吃人，他读了很多书，做了很多调查，写了很多书，进行了很多次讲座，以至于他自己都相信这一点。他今天早上看起来真像一头野兽，这点你们同意吧。我相信，他真的坚信在强烈的愤怒下，或者与敌人狭路相逢的时候，一个人会变成某种野兽。"

克莱斯顿的话引发了一场激烈的讨论。他的两位客人一致认为，就像今天上午听教授讲课的其他任何一位在场的学生一样，老家伙对于打断他上课的倒霉黑人的反应，绝对不仅仅是愤怒。但他们不愿解读这个事件，因为在他们看来，这个解释太牵强了，虽然克莱斯顿希望他们接受。

"你们认识这个叫卡拉瓦的家伙吗？"当讨论暂时停顿时，克莱斯顿问道。

"我非常了解他，"弗莱姆利说，"学期开始的前两周，在伊曼纽尔的一些讲座上，我坐在他旁边一两次。我看得出他是从我们都要去的那个国家来的，所以我就跟他聊了聊。在大厅上完课后，我还请他到我的房间里喝过一两次咖啡。我不认为，从一个碰巧出生在那里的人处了解这个地方有什么害处。不过，他是个相当古怪的家伙。"弗莱姆利继续说道，"他非常紧张，满脑子都是各种古怪的想法。这是他第一次离开自己的家乡，我敢说他觉得这里的一切都有点奇怪，事实上，他也是这么说的。也许我们一到那儿，也会认为他的国家有点古怪。他似乎在害怕什么东西。他提到了一些关于秘密社团的事情，就像坎伯利说的那样。虽然他并没有这么说，但他让我感觉他受到了其中某一个社团的威胁。接着他还说了自己是一个酋长的儿子，在塞拉利昂或者老几内亚，或者其他地方，我记不清是哪个地方了。在剑桥科珀斯学院还有另一个人，也是来自同一个地方，但是我从来没有见过他，也不知道他的名字。我猜想，由于某种原因，奥古·卡拉瓦和他并不相识，因为他们都是新生。"他总结道。

讨论又继续了一会儿，最后由克莱斯顿打断了他们的谈话。

"好吧，我所能说的是，不管我信不信超自然的东西，请注意，我并不是说我信。如果有人像今天上午韦奇伍德教授瞪那个非洲人那样瞪了我一眼，我肯定感到特别不自在。"

随后谈话转到一个更重要的话题，那就是天气的突变。

三

这天，在没有得到导师正式"离校许可"的情况下，有两个大学生去了伦敦。他们从车站返回，打算沿着特朗平顿街，回到位于希尔佛街的房间。在经过布鲁克赛德大街时，他们躲在莱伊学校对面的树荫下，这样在学校的最后一轮巡视时，更容易避开学监们的注意。

他们路过小溪时，听到了一些声音。"不管身体是否能活动，我们都不能让他在这里淹死。"两人中的一个停下了匆忙的脚步，踏上了小溪边上的草地。他的同伴也停下来听着，仔细辨认从小溪里传来微弱呻吟声的方向。

"我说，过来帮我把他弄出来。"这两个年轻人专心致志地开始工作。

"不管他是谁，我相信他已经死了。"其中一个人的话让人不寒而栗。那具软弱无力的尸体被人从水中拖了出来，路另一边的两三个过路人过来查看。

大学生们从小溪里找到的尸体是一个年轻的黑人，戴着一顶帽子，穿着一件长袍，他们认出那是圣约翰学院的人。

谁是凶手

一

"你们就是这样发现尸体的吗？"

发现这一不幸事件的年轻人中，有一个是国王学院的大学生罗纳德·温德尔沙姆，他急匆匆地去给警察打电话。但他还没走到电话亭，就遇到了在特朗平顿街巡查的剑桥警察局的巡警金警官。

"不完全是，警官。"国王学院的第二个学生米姆·布里奇回答说。他看到这位警官用怀疑的目光看着罗纳德·温德尔沙姆，这让他觉得最好由自己来负责回答。

一小群好奇的路人围着那具躺在小溪边草地上的尸体。警官感到自己的职责重大，挥手让他们回去。"谁能帮我打个电话，先叫外科医生，再打警察局。"

几个路人挺身而出。"我有一辆自行车，"其中一个说，他穿着汽车工程师的粗布工作服，看上去刚下班，"如果你愿意，我去请格林史密斯医生，他住得离这儿不远，我知道那地方。"

经过警官的同意后，那个人走了。

"我去给警察局打个电话。"刚加入人群的一个人说道，他的声音带有一种异国的语调。警官在接受他的提议之前，用审视的眼光看了他一眼。最近的街灯也在几码外，但警官意识到刚才说话的那个年轻人不是印第安人就是黑人。这位警官像大多数英国人一样，对任何外国人都不信任，他犹豫了一会儿才勉强同意。

金警官刚要开口说话，发现尸体的大学生米姆·布里奇从人群中走了出来。"对不起，先生，但是，我想也许这位先生最好在这里待一会儿，我去通知警察局。"

金警官对眼前这个人产生怀疑：当他跟着罗纳德·温德尔沙姆一起过来的时候，看到米姆·布里奇站在尸体旁边。现在这位年轻人为什么要急着离开现场呢？

主动提出帮忙的外国人不安地动了一下。他似乎急于动身去执行他的使命，可是在警官还没有决定由谁去之前，他又有些许犹豫，毕竟他们两人都去执行同一个任务是没有意义的。

警官还没有对尸体进行任何检查，他拿出了一本笔记本和一支铅笔。这使他有时间整理一下思绪。"我不觉得这有多重要，只是必须有人马上去。"他吞吞吐吐地说，似乎有些困惑。

米姆·布里奇又快速地向前走去。"抱歉，你不觉得你最好看看尸体吗？"

对于听起来像是大学生的人试图教他如何办案，警官的第一反应是感到不满。不过，由于他对自己一点把握也没有，就忍住了想反驳的话。

"现在正是时候，我正打算去检查尸体。不过，我想你知道，"警官一本正经地继续说，"现在最重要的是要立即通知法医和警察局长。"

"我知道，我知道，"米姆·布里奇不耐烦地说，"但是……"他朝那个自愿去警察局的黑人望去。这家伙似乎有点犹豫不决，尽管如此，他还是悄悄地从围在尸体周围的人群中退后了几英寸。"请他留下，直到你检查完尸体为止。"米姆·布里奇几乎是贴着警官的耳朵，低声说了这些话。

"打扰了，先生，我要所有人在这里等一会儿。"

穿工作服的工程师已经骑着自行车离开了。这样做是有好处的：法医会更早地赶到现场，当警官不再独自承担下一步行动的责任时，他就会感到轻松了。

此刻，金警官暂时没有勇气对这群人中的任何一个人提出警告。但是米姆·布里奇的坚持让他印象深刻。这可能是大学里那些无聊的人士制造的"低级犯罪"，借此来嘲笑管理者——这个想法在他的脑海中一闪而过，他马上清除了这个念头。

此事事关重大。这案子看上去很严重，在场的人谁也不愿意在警官问完话之前装作要逃走的样子，以免引起别人的怀疑。

看到他的命令得到了执行，金警官郑重其事地走上前，拿着手灯，对着面前缩成一团、躺在地上的人一闪。看清人之后，他忍不住叫了一声。现在他明白米姆·布里奇坚持的原因了：受害者也是个有色人种。他必须迅速做出决定。米姆·布里奇似乎是个正派的人，显然很愿意帮助他。

金警官又站起来，对那一小群人讲话："恐怕我得请你们都留下来，直到我把事情调查清楚为止。我可能需要你们的帮助。"他突然灵机一动，"当然，你们都知道，当有刑事案件发生时，警察有权要求任何公民帮助他。看来，这里发生过相当严重的犯罪事件。"他尽可能地引用自己在警察必修课上所学到的官方指示词汇，语气中带着几分傲慢的意味。

但是如何与探长取得联系仍然是个问题。"先生，"他对米姆·布里奇说，"如果您能马上到警察局去，并把发生的事情告诉主管督察，我将不胜感激。"

那个大学生迅速地从人群中走出来。"但是，"金警官在他的背影后面喊道，"完成任务后马上回来。我知道是你和另一位先生发现了尸体，我需要录下你的口供。"

米姆·布里奇立刻朝国王阅兵场的方向走去。警官焦急地环顾四周，以确定那个有色人种有没有离开。还没有，那个人就在那儿，紧张地站在那里，正拨弄着手指，把领带弄直。

金警官小心翼翼地伏在草地的尸体上。"我明白你的意思，先生，"他对罗纳德·温德尔沙姆说，"尸体和你发现时不完全一样。"

"这么说也可以，"罗纳德·温德尔沙姆回答，"我们听到那边小溪里传来一个声音——人的声音。我们走过去，在水里发现了这个人，我们把他救了上来。我想他当时还活着。但我觉得他现在已经死了。"

正当警官在琢磨这番话，不知道下一步该怎么办时，突然听到从贝特曼街的方向传来了汽车的声音。它迅速转过布鲁克赛德街的拐角，与围着尸体的那群人并排而行。

"晚上好，警官。我听说这里发生了一些麻烦事。"格林史密斯医生，一个矮矮胖胖、精力充沛的小个子男人，举止轻快地从车里走了出来。就在这时，叫来他的汽车工程师骑着自行车从黑暗中出现了。医生没有再多说什么，他走到湿漉漉的草地上，俯下身去检查尸体。警官拿着手灯，工程师拿着他的自行车前灯，帮助他检查。

"毫无疑问他已经死了，"医生过了一会儿说，"我不认为这是溺水事件。"他把手放在尸体的湿衣服上，并请旁观者帮他把尸体翻过来。"请把灯拿近一点。"他的命令是严厉而不容违抗的，接着把手放到死者的后腰上，仔细地检查了一下。

"血！如果他掉进水里，他的头可能会撞在石头上，但他的腰背部不应该有伤。"

二

沃普兰斯顿探长疲惫地用手摸了摸额头。他不喜欢这种夜间工作，而且离十一月五日也不远了，他肯定还得再过一个忙乱的夜晚，虽然工作的类型有点不同。"现在做出推测，还为时过早。"

因为在布鲁克赛德街发生了悲剧，警察局长迪卡普特不得不从床上被叫了起来，听了沃普兰斯顿的话，他点了点头。

"格林史密斯在停尸房仔细检查了尸体，"沃普兰斯顿继续说道，"他很确定是左轮手枪——很可能是小型自动手枪——射穿了死者的心脏。他肯定溺水不是死因。"

"你确定死者是谁了吗？"迪卡普特问。

16

"相当确定。"沃普兰斯顿看了看办公室的钟,打了个哈欠。钟上的时间已经是凌晨一点多了。"他有一个写着他名字的皮夹,还有一些卡片。他叫奥古·卡拉瓦,来自圣约翰学院。我们已经给院长打了电话,得知他是本学期的新生——来自西非。他来自一个叫作老几内亚的殖民地,离塞拉利昂不远。他是一个酋长的儿子——我相信他们都是——就像你遇到的每一个希腊人,要么是王子,要么是表亲,要么是国王之类。"

迪卡普特点了点头。"好吧,我看我们在夜里这个时候也做不了什么了。金不是说过,还有一个黑人也在现场晃荡吗?"

"是的,"沃普兰斯顿回答,"就在米姆·布里奇和罗纳德·温德尔沙姆发现尸体之后,金打算像对周围所有人一样,给他录一份口供。但有趣的是对方逃跑了。这个人一定是在医生检查尸体的时候跑掉了。"

迪卡普特吹了下口哨。"听起来不妙,我们必须找到他。我们明天要调查死者的所有联系人。这或许只是一个巧合。幸运的是,我们剑桥很少发生谋杀案,但如果不把事情弄个水落石出,我想到最后还得惊动伦敦警察厅的人。"

"我还从金那里得到了一些信息,在我看来有点奇怪,"沃普兰斯顿说。在温暖的警察办公室里,他头脑开始清醒过来,他知道在一桩谋杀案中立即找到正确的线索是多么重要,"我们没见过这个家伙,但

17

金发誓说他们长得一模一样。"

迪卡普特笑了。"金从来没有出过国。战争期间，我乘坐的交通工具在塞拉利昂停留了几天。我上岸后在那里待了一段时间。我以前从来没有看到过非洲人，说实话，那时我也分不清他们谁是谁。"

沃普兰斯顿摇了摇头。"我也想到了这一点——尤其是金并不是警察局里最优秀的探员——差得太远了。但他说，对他来说，他们不仅长相、肤色相似，而且身材也差不多。"

迪卡普特对此并不感兴趣。"这没什么可查的，因为他们都是非洲人，都是黑人。由于金对非洲一无所知，他马上就认为他们俩很像。"

"这些我都想到了，"沃普兰斯顿探长恼火地说，"但我不是这个意思。我的意思是，这会使我们的案子变得困难——无论是否是在白天，对任何有理智的人来说，他们看起来就像亚历山大和摩西一样截然不同。当然，我们还没有到怀疑其动机的地步。但我的意思是，我们可能遇到了一个错误的身份。"

"你的意思是，也许那个神秘的非洲人其实是在找别人，而圣约翰的那个人却被误杀了？"

"这正是我想说的。"沃普兰斯顿说。

"那对我们大有好处。"迪卡普特讽刺地说。

电话丁零丁零地响了。

"我来接。"沃普兰斯顿说着，拿起两个人中间桌子上的听筒，"咦，是吗？你，詹金斯？"

迪卡普特知道，詹金斯是那天晚上的警官。

当听到电话另一端传来的消息时，沃普兰斯顿的面部表情发生了变化。迪卡普特推测，他的同伴虽然因为那天晚上所经受的种种劳累而疲惫不堪，但他还是很感兴趣。

"好吧。警察局长也在这，我会向他报告的。我马上派人到科珀斯去。"一听到学院的名字，迪卡普特就被吓了一跳。沃普兰斯顿放下了听筒，说道："事情开始变得复杂了。科珀斯的看门人刚才打电话叫我们马上到那里去一趟。一个黑人学生刚刚在他的房间里被发现——被枪杀了，他叫卡里夫·庞波利，和另一个死者来自同一个地方！"

黑色魔法

"你今天晚上看上去很累，爸爸。"

韦奇伍德·坎伯利教授点了点头。"我累了，多莉。"

"今天过得很疲惫吗？"多莉·坎伯利问道。

教授又点了点头。"是的，亲爱的，漫长的一天。讲座，会议，还有……"他顿了顿，大声打呵欠。

"你昨天晚上也很晚才回来，是不是？"

在帕克台房子的老式客厅里，靠着舒适的炉火，姑娘的父亲坐在安乐椅里，听到这句话后，仿佛中了枪似的。他一边喝着饭后咖啡，一边扔掉了正在看的当地晚报，但是为了掩饰自己，他又弯下腰去捡起了报纸。

教授是个鳏夫，他的妻子大约在六年前去世了。他唯一的女儿多莉，现在二十二岁了，担任他的管家和秘书。多莉是个漂亮、聪明的姑娘，在纽纳姆学院的最后一年里成绩很好。教授非常喜欢自己的女儿，可是这并不妨碍他有时在涉及自己专业学术的问题上，会同女儿激烈地争吵，即使女儿也在这门学科上取得过学位。韦奇伍德教授深知自己的能力，他知道，他现在是剑桥大学的教授，自己在这个科学领域所取得的杰出成就，是完全当之无愧的。

但今天晚上，令多莉吃惊的是，自己的父亲似乎一点也不好斗。她想，父亲至少应该合情合理地问她，窥探他的私生活跟她有什么关系？但他没有。韦奇伍德教授又拿起报纸，在膝盖上把它弄平，接着喝了几口咖啡。咖啡杯在椅子旁边的维多利亚时代的小桌子上，是一个精致的蛋壳状瓷杯。

韦奇伍德教授说："我是回来得很晚，亲爱的，我知道今天有很多工作要做，不该回来这么晚的，但我也没办法。"他再次沉默了。多莉离开自己的安乐椅，来到父亲身边，轻轻地把手放在他的额头上。

"爸爸，你知道吗，你看起来很累。我认为你真的应该早点睡觉。"

多莉以为父亲听到这句话后会勃然大怒，因为她之前被告知过，他的选择与她无关。现在的孩子们比以往更喜欢多管闲事，他们仿佛更了解他们的长辈应该做些什么。令多莉吃惊的是，教授虽然皱着眉，但眼睛里并没有闪现出愤怒的神色。他那疲惫的脸上的皱纹看上去比平常更深，好像他真的需要睡眠和休息。

"我知道我应该听从你的建议，亲爱的。但不幸的是，我不能休息，所以就这样吧。"在他说最后几个字的时候，声音里带着一种抗争的意味——他不愿意让一个本应该只需要管好自己事情的小女孩对他指手画脚。

但是多莉下定了决心。她身材娇小，却健壮结实，教授在她那双像她母亲一样的蓝眼睛里，看到了和他一样坚强的意志。在她那漂亮而匀称的下巴线上，在她那小嘴巴棱角分明的曲线上，都重复着这种意志。

韦奇伍德教授看出他的解释不能使他严厉的女儿满意。她又要说话了，在她还没来得及理清思路之前，他先一步开口。

"亲爱的，"他说，"明天我要在三一学院的礼堂里做一个重要的报告，这是一个系列性报告的第三讲。我觉得挺好的。但我一直在思考，有一个新的思路给了我一些启示。我想你现在已经知道了。"他苦笑着说，"我不是那种一届又一届，年复一年，一遍又一遍地重复同样演讲内容的人；也不是那种在自己研究领域从不关心最新发现的人；更不

22

是那些为了薪水而混日子的人。"

教授使劲地摇着头。现在他又找到了驾轻就熟的感觉，精神也恢复了。教授顶着一头乱蓬蓬的头发，那硕大的脑袋仿佛狮子一般。多莉明白，如果她要把自己的意志强加给固执的父亲，她就得努力一番。她似乎放弃了进攻，因为如果教授变得固执起来，和他争论是没有用的。是的，她目前必须接受自己提议失败，只能后面再设法通过不那么直接的手段达到自己的目的。

"很好，爸爸，够了。现在你应该知道什么是你能做的，什么是你不能做的，什么对你是最好的。我只是觉得，不管怎样，你应该在炉火边的椅子上休息一会儿，然后再开始工作。你知道，如果你在重新振作之前就尝试工作，你是达不到最佳状态的。"多莉伏在父亲的椅背上，温柔地吻了他，然后回到自己的座位上。

"报上有什么消息吗？我看到报纸说有两个大学生被谋杀了。"

听到这句话，教授的眼睛里又出现了惊恐和不安的神色。多莉一点也不明白，自己的父亲今天晚上是怎么了？他一定是工作过度了，很可能昨晚大部分时间都没睡，毕竟他回来得太晚了，看上去已经疲惫不堪了。

教授似乎恢复了平静，回答说："是的，一件可怕的事。两个年轻非洲人，一个来自科珀斯学院，一个来自圣约翰学院，都被杀死了，而且好像是以同样的方式。"他再次引用报纸专栏的内容，"在大约一个小时内，一个在特朗平顿街靠近布鲁克赛德街道的地方，另一个在大学自己的宿舍里，先后被杀死。"

"啊！"这次轮到多莉表示惊讶了，她激动地叫道，"他们叫什么名字？你知道吗，我认识三一学院的帕特·弗莱姆利，他明年要去西非。他说自己认识一个从那里来的黑人，这个学期刚上大学。有一天他在街上指给我看，甚至还向对方介绍了我。他说那人是个相当不错的人。"

"有一个人的名字是……"教授拿起报纸，"卡拉瓦，奥古·卡拉瓦。他是圣约翰学院的人。"

"哦！"多莉惊叫道，"怎么会，就是这个人。多么可怕啊！从遥远的非洲来到这个一切都那么安全的国家，却被谋杀了。太可怕了。"

多莉是一个实事求是的女孩，不太善于公开表达自己的情感。一个不幸的非洲年轻人，通过重重险阻，带着满满的希望和抱负来到剑桥，却成了残忍谋杀案的受害者。想到这个画面，她不禁潸然泪下。

教授没有理会女儿的这种感情流露。"亲爱的，"他冷冷地说，片刻之前的不安情绪完全消失了，"当你像我一样了解西非的黑人人种之后，你就不会再浪费时间去同情他们了。我没有去过他们的国家，人类学家并不是一定要去自己研究课题所在的地方去参观。但当你像我一样阅读大量关于他们令人憎恶的、野蛮的风俗和所谓的宗教时，你就没有多余的精力来浪费你的同情了。"

教授又站在自己所熟悉的立场上了。他的女儿以前也听过他这样说话，不过从来没有像现在这样充满了恶意。他的座右铭是："东方是东方，西方是西方——两者永远不会相遇"。她知道父亲强烈反对有色人种在大学里与白人共同生活学习，那样的话英国人的家不再是他们自己的了——它被各种各样的野蛮人入侵。而这些人不过是想回到自己国家的灌木丛小屋时，可以在自己的同伴面前留下一点虚荣的华丽假象。教授认为，英国青年的思想，无论男女，都有被野蛮人的迷信和信仰所腐蚀的危险。

当教授因为此事神经紧绷，喋喋不休时，多莉总觉得他有失公正，并试图把他拉回到正轨。但每次讨论这个问题时，教授总是变得非常激动，以致她无法和他继续争论下去。她曾听人说过，其他大人物也都有自己的弱点和顽固不化的毛病，他们习惯于在特定问题上争论和思考，这些毛病很难改掉；她也听说过一些杰出的科学家，他们习惯在自己的领域内权衡和筛选每一个细小的证据，然后让最小的所谓的事实得到证实，但是当他们涉足神秘的精神世界时，他们很容易被最明显的骗局所欺骗。

现在的情况有点不同寻常。在这个人人平等的年代，她父亲在白种人和有色人种共同相处的问题上，依旧肆无忌惮地放任自己的偏见——这似乎是不体面的。至少在两名非洲大学生刚刚在大学城里被不明身份的杀人犯杀害的情况下，他不应该发表这样的看法。尽管多莉非常想去捍卫旅居在大学校园内陌生人的权利，但她决定不再进一步挑起这场不愉快的争论。她的父亲疲惫不堪，劳累过度，以教授现在的心情，任何阻挠他的企图都不会有什么好处的。他会迫切把精力花在更重要的事情上，竭力让她接受自己的观点。

"我知道，我知道。"多莉平静地说，"但是这些人是怎么死的呢？他们抓到凶手了吗？"

教授讥讽地咧嘴一笑，他说话时眼睛里透露出的神情几乎像魔鬼一样。

"没有，亲爱的，他们还没有。"他语速很慢，一字一顿地说道。"而且，"他补充说，"我真诚地希望，他们永远不会找到凶手！"

多莉虽然已经习惯了教授荒谬的偏见，但她还是对父亲语气中的恶意感到震惊。这简直就像有个幽灵——某种邪恶的恶魔，进入了这个男人的身体里。要知道，在这个男人神志清醒的时候，他是那么善良、温柔，连一只苍蝇都不会伤害。

但她不敢问他为什么。她想，这样的问题不可能有令人信服的答案。她等着教授继续说下去，最好还是让他这种不讲道理、不近人情的情绪自行消退。

"魔鬼，魔鬼。"教授几乎是嘶吼出来，"他们这是罪有应得。"

有那么一会儿，多莉几乎为她父亲的神志不清而担心。因为他的表情很难看，脸因痛苦而扭曲变形。教授把报纸扔了出去，仿佛那是什么不干净的东西。

二

晚上剩下的时间，大家还算相安无事。韦奇伍德教授已经去书房继续他的工作了，不过他保证会早点上床睡觉。多莉知道父亲固有的时间观念——当他在研究时，会完全忘记时间。她决心要熬夜到十一点，这样在自己睡觉前，她就能以和父亲说"晚安"为借口进入他的书房。如果那时父亲已经回归常态，并且筋疲力尽了，那就可以说服他，以她为榜样，早点休息。

教授回到大厅对面的书房后，多莉拿起那张报纸，读关于那两起神秘死亡事件的所有已知信息。第二名男子是科珀斯学院的本科生，他的死亡方式似乎与奥古·卡拉瓦一样——被一支小型自动手枪击中。

餐厅里的老式落地钟敲响了十一点，书房的门仍然没有打开的声音，教授还在工作，丝毫不理会他对女儿的诺言。她会给他五分钟的时间，然后来个突然袭击。

当多莉再次从书中抬起头来的时候，钟已经报时十一点一刻。她轻轻地踮着脚走过大厅，在开门之前轻轻地敲了敲。她父亲正伏在书桌上，背对着她。听到她的脚步声，对方吓了一跳，转过身来。教授的右手手里有一样东西——他一直在检查某样东西。女儿出乎意料地出现，让他大吃一惊，手一松，一个小东西掉到地板上。台灯的光线照在这个小东西上面，它那光亮的表面又把光线反射回来。多莉看到她父亲扔下的东西是一支小型自动手枪。

教授解释

　　此时的书房，教授和他的女儿都沉默了很久。多莉感到自己的心剧烈地跳动着，喘不过气来。她感到头晕目眩，就在她伸手去找门边的一把椅子时，教授快步上前扶住她，以免她摔倒。

　　"怎么啦，多莉？来，你躺在沙发上，我去给你拿点白兰地来。"韦奇伍德教授把那个身体软绵绵的姑娘抱到沙发上，正准备去拿白兰地，可是多莉拼命抓着他的衣袖。

　　"不要走，爸爸，不要走。我没事的，一会儿就好了。我不要任何白兰地，只要……"她闭上眼睛，似乎说不出话来。教授之前眼睛里的凶狠神情完全消失了，他俯下身来，在女儿的额头上轻轻地吻了一

29

下。当多莉再次睁开眼睛时，她惊讶地发现自己的父亲完全不知所措。她忍不住笑了起来，不过对教授来说，这个笑声听起来有点歇斯底里。他看上去比之前更加困惑了。

"多莉，你怎么了？你把我吓了一跳，不过你自己似乎吓得更厉害。"

多莉闭上眼睛，让自己有时间思考。但是当她这样做的时候，脑子里不断地出现一些不愉快的想法，把她吓坏了。教授脸上困惑的表情几乎使她相信——当她走进房间，看见他掉下自动手枪时，脑子里所产生的怀疑都是胡思乱想。如果父亲犯了她最初所想象的那种罪，他怎么能用那双天真而困惑的眼睛看着她呢？多莉对自己说，只有演技高超的演员，才能在那个时候装出完全不知道女儿的想法，十分困惑的样子。韦奇伍德教授根本不善于隐藏自己的喜怒哀乐，也从来没有想过要这样做，这倒是他的一个特点。他总是直言不讳，从不试图掩饰自己的感情和情绪，因此在他的朋友和熟人之间造成了许多误解和隔阂。

当多莉再次望着父亲那张焦急的脸时，感到自己浑身忽冷忽热。教授俯身看着她，摸着她的脉搏，轻轻地抚摸着她的额头。是的，她刚才怀疑过，哪怕只是那么一会儿——自己的父亲是个杀人犯。当然，这种想法是荒谬的：如果她指控他犯下如此恶劣的罪行——在大学城的街道上从背后射杀一个无辜的非洲人，那她一定是疯了。

"我，我不知道该说什么。只是当我打开门的时候，不知怎么的，你的枪掉在地上了，我吓了一跳。"让多莉感到欣慰的是，她的父亲听完后，惊讶地看了她一眼，然后仰起头，哈哈大笑起来。

　　"我的好姑娘，这有什么可怕的？你难道认为我是个杀人犯吗？"当教授直白地说出她的想法时，多莉的脸又红了。

　　"原谅我，我之前相信你真的做了。"

　　韦奇伍德教授现在恢复了常态，明显松了口气。他转过身去，弯下腰，把掉在地上的那支小型自动手枪捡了起来。

　　多莉高兴得都要哭出来了。当教授意识到究竟是什么使他的女儿如此心烦意乱的时候，他的态度使她完全从胡思乱想的猜疑中解脱了出来。如果她此刻所担心的事情有什么根据的话，那么最反常的事情就是——任何像教授这样有地位的人，都不会保留犯罪的直接证据。

　　"从来没有这么近距离的看过手枪吗？"他拿着那支在台灯的照射下闪闪发光的小武器，光亮的枪管在灯光下邪恶地闪烁着。

　　多莉虽然松了一口气，但还是有点瑟瑟发抖。即使韦奇伍德教授像她现在确信的那样是无辜的，但如果报纸上的报道是正确的，那就是类似这样的东西导致了两名无辜的非洲学生在前一天晚上英年早逝。

　　"你不知道我有一把枪吗？"

　　多莉虚弱地摇了摇头。她开始为自己的愚蠢感到羞愧。

"我拥有它的时间不长，是在学期初买的，在我听说我有机会去西非旅行，并在黑人中间做一点实用人类学研究后不久。但我没告诉你，也没给你看。我知道女人不知道为什么总是害怕武器，这似乎没有什么必要害怕——不管怎么说。"

收尾很尴尬，新的疑虑又涌进了多莉的脑海。教授似乎在为自己找借口。如果他什么事都没有做，他为什么要对她说这些呢？

教授在女儿躺着的沙发旁边的扶手椅上坐了下来。"我敢说你会笑我——觉得我像老太婆一样。不过为什么叫老太婆，我倒不太清楚。因为根据我的经验，一般说来，她们并不比老头子愚蠢，而且往往比老头子明智得多。"他说话的口气似乎很随便，但多莉的恐惧没有完全消除。

"事实上，经过昨晚那件事之后，我自己开始感到有点恐惧——我经常在镇上活动到很晚，如果一个完全无辜的人可以像他们说的那样突然被干掉，为什么另一个人不能呢？"

多莉点点头，但是父亲的话却使她更加怀疑了。前天晚上发生了两起悲剧——不仅仅是一起，而且那天晚上谋杀发生的时候，教授自己也在外面。除非有什么特殊的原因使他印象深刻，否则他为什么只提到这一个案子呢？为什么今天晚上他要在书房里摆弄手枪呢？毕竟今晚他不打算出去，而且似乎也没有理由收拾手枪。这样做是有原因的——如果它被使用过的话，它需要清洗。当多莉意识到这种解释会给她父亲带来什么样的后果时，她几乎又要昏过去了。但教授现在看上去似乎神色自若。

"我以前从未费神仔细看过这东西。它在我书桌的抽屉里，是锁着的——我在找笔记本的时候，碰巧翻了出来。"教授弯下腰对他的女儿说道。

"好啦，好啦。"教授似乎还是猜不出多莉在想什么，或者说因为愧疚，他想尽量轻描淡写地把这件事搪塞过去。

听到父亲的解释后，多莉为刚刚自己所想的事情感到羞愧，她觉得自己的脸已红到发根上了。她很庆幸灯光没有直射到脸上，父亲也没有看到她的反应。

突然，教授的语气又变得严肃起来。"对不起，亲爱的，我让你吓了一跳，但我希望你明白害怕是多么没有必要——这东西连子弹都没上。"

多莉躺在长沙发上，内心仍然忐忑、焦虑不安。这时教授又弯下腰向女儿的脸靠近了一点，他接下来的话讲得更轻了，语调也更严肃了。

"可是我倒希望，亲爱的，你不要对任何人提起手枪的事。警察总是爱管闲事，我不得不承认我没有持枪许可证。"

这句话使多莉打了个寒战。不知怎么的，她觉得父亲说的不是真话。

他不想让警察知道他有一把自动手枪。为什么？他自己的解释太含糊其词了，不可能是真的，她无法相信。多莉逐渐认识到自己想法的真正意义——如果她是对的，她的父亲就是一个杀人犯！

多莉·坎伯利发出痛苦而恐怖的叫声，随后昏倒在地。

难解之谜

　　"好吧。"警察局长迪卡普特一边抽着烟，一边疲惫地说，"恐怕这意味着，我们终究还得把伦敦警察厅的人请来了。"

　　"我同意你的看法。"沃普兰斯顿探长说着，拿出了一个烟斗。

　　那两个黑人大学生都是在同一天晚上被害的，一个死在城里的大街上，一个死在自己学院的房间里。法医刚刚完成了对他们的尸检。两者死亡的原因是一样的——都是由一支小型自动手枪近距离朝背后射击。警察已经找来当地的一名枪匠来确定这支手枪的型号和口径。两起案件的判定是一致的——都是"针对某人或某种特定身份的人的蓄意谋杀"。

"很难说这两者中哪一个更令人费解。"迪卡普特说，"看来是科珀斯的那个庞波利先被杀死的。另外一个叫卡拉瓦的人，是在十一点三十分左右被发现的——时间是确定的，从九点五十五分两个私自离校的大学生离开国王车站的时间开始推算，两人发现卡拉瓦的时候，他还活着。但是在被凶手推下去之前，卡拉瓦被致命的那一枪打得粉身碎骨，虚弱不堪，已经说不出什么条理清楚的话了。所以，他不可能在小溪里活得太久。"

"其他方面，"沃普兰斯顿插话道，"关于这个男人已经死了大约两小时这个事实，我们不仅有医生的证明，还有来自科珀斯看门人的证词。看门人看到庞波利在课程结束后，到管理室寄出了一封信，然后告诉看门人自己要回房间工作。外人在九点以后是不可能进入大学的，所以如果是学院外的人干的，他一定是在九点之前进入的学院，然后在午夜之前出来了。无论如何，还有几分钟就到午夜了，如果是学校内的人干的，那时他也必须要回到自己的房间了。这个人知道自己做了什么，所以他不会冒着被人发现的危险而迟到，这样还得解释自己当时去了哪里，在干什么。"

"没错，"迪卡普特说，"但还有一种可能性，那就是谋杀了庞波利的人，实际上是学院的一名成员——如果我们想涵盖所有可能性的话，也可能是教职员中的一名。这样他可以随意进出大学，且不需要被检查。"

"当然，看门人也不可能完全记住那天晚上他放走的那些到科珀斯住处去拜访朋友的陌生人。他记得几个人的脸：彭布罗克学院的三个人，他们是约翰逊、克劳福德和桑德斯；三个来自克里斯学院的人，分别是黑人斯文森、布里姆肖特和威布里奇；西德尼的克莱斯顿；三一学院来了很多人，他能认出四五个。"沃普兰斯顿瞥了一眼面前桌上的一个皮夹，刷新了一下他的记忆。"我看到他给的名字是珀利、弗莱姆利、史密森和巴沙特。"他"啪"的一声合上笔记本，叹了口气。

"可是继续查下去有什么用呢？剑桥四分之三的学院中，一半本科生似乎都在科珀斯度过了那个晚上！"

尽管沃普兰斯顿的处境很艰难，迪卡普特还是笑了。

"好吧，录口供和追查联系人，这得让你和同事们忙活一阵了。他们也很少有这种锻炼的机会。两个人都是本科生，同一个晚上在这里被谋杀，一个在他的学校，另一个在街上，这是很不常见的。至于这两个非洲人——上帝保佑——简直是大梦一场！"

"你的意思是一场噩梦吗？"沃普兰斯顿说，眼睛里没有一丝幽默。他不喜欢迪卡普特处理这件事的方式。对方是警察局长，当然不用亲自去做与案子相关的种种辛苦活。

"对不起，沃普兰斯顿，我只是在开玩笑。我知道这将是一件多么

37

严肃的事情，但我总觉得，当事情一件接着一件发生，一个人的麻烦就会随之增多，这时反而会感到一种轻松愉快的感觉，一下子把它们都处理好是不可能的，这似乎使事情变得更容易了。有的人知道自己不能做不可能的事，所以不去尝试。但如果只有一个难题要解决，有的人就会专注于它，并意识到他真的遇到了难题。"

即使在他的上级做出了含糊其词的解释之后，沃普兰斯顿探长仍然无法心平气和，他不敢太公开地表达自己的感情。

警察局长迪卡普特再次严肃起来，他无意伤害沃普兰斯顿的感情。沃普兰斯顿作为探长，虽然呆板迟钝，但一旦嗅到了蛛丝马迹，就会成为一个出色的工作人员，尽管他通常不会自己主动去追踪线索。

"尽管很困难，沃普兰斯顿，恐怕这正是我们必须要做的。我们得从看门人碰巧记得名字的那些人开始。从他们那里，我们也许能打听到那天晚上在科珀斯的其他陌生人的情况。它应该不像一开始看起来那么难，虽然这将意味着会有许多缓慢而乏味的工作。"

"但就像你之前说的，这还不是事情的结束。在这个阶段，我们不知道是不是学院内部的人，在我看来，这意味着要采访学院的每一位成员，也包括那些碰巧来访的陌生人。"

迪卡普特点了点头。"这是事实。只是我不想一开始就把压力加在你身上，因为我知道你对这件事的态度。还有一件事让我觉得迫在眉睫，我们应该往伦敦打电话询问一下两名受害者的确切国籍。很难相信这些死亡仅仅是本地事件。这两个家伙来自三千英里之外的西非。那些线索，如果我们能找到的话，很可能就在外面或者世界上任何地方——就像在这里一样。一想到西非，人们就会想到秘密社团和团体，至少我是这样想的。"

"你的意思是，"沃普兰斯顿插话进来，表现出更多的兴趣和斗志，"这些谋杀可能是政治事件，或者与巫术、魔法，或者其他什么东西混在一起的复杂案子？"

迪卡普特点了点头。"这正是我想说的。我知道这听起来很像小说，但是，小说里的事情如果不是真实发生的，作者就不可能把这些事情写出来，那么小说就永远不会问世。"

沃普兰斯顿转念一想，觉得迪卡普特提出的建议没有什么特别值得高兴的。即使不涉及一点魔法或巫术，调查也会相当困难。沃普兰斯顿的不安和困惑是有原因的。法医的调查并没有揭示出那两个非洲大学生离奇死亡的秘密。奥古·卡拉瓦在下课后，圣约翰学院一些年轻人看见过他，当时他正在小公共休息室里看报纸。他在大学同学中很受欢迎，同学们会请他到一个叫雷恩的人的房间里，表演一些非洲魔术，卡拉瓦在这方面已经表现得很熟练了。那天卡拉瓦礼貌地拒绝了，他说要去看另一个非洲人，一个尼日利亚来的三年级学生。这个学生住在特朗平顿街那边的房间里，是卡拉瓦的朋友，对方答应帮他把去年的讲稿复习一遍。看门人证实卡拉瓦是在九点差几分钟到九点时离开学院的。当时他笑着对看门人说，这个晚上对他来说将是一个昂贵的夜晚，因为他要到很晚才回来，而且将不得不付一笔入门罚款。

这位来自尼日利亚的学生已经接受了警方的询问，证实了卡拉瓦告诉看门人的事情是真实的。卡拉瓦大约在九点十五分到达他的房间，一直待到十一点十五分左右。尼日利亚学生的房东史密瑟斯太太在接受警方的单独询问时，也证实了这一点。她说她的房客整个晚上都在家，她曾听见尼日利亚人在起居室里用一种单调的声音向卡拉瓦口述，内容大概是约定需要进一步整理的笔记。史密瑟斯太太记得这使她的丈夫很恼火，因为她的丈夫当时正在隔壁房间里，用那效率极低、几乎听不见的无线电在收听一出戏。卡拉瓦先生是史密瑟斯太太房客的常客，她亲自把他送了出来，并锁上了门。她也看见那个尼日利亚人跟她道了晚安后，上楼睡觉去了。那天晚上，史密瑟斯太太一直到后半夜才上床睡觉。当她路过房客的房门时，听到从他的房间里传来很响的鼾声，毫无疑问这个尼日利亚人已经睡得很熟了。这一点，加上米姆·布里奇和温德尔沙姆的证词，是警方迄今所掌握的有关奥古·卡拉瓦神秘死亡的全部线索。

从警察的角度来看，另一个年轻人卡里夫·庞波利的情况同样令

40

人不满意。有用的线索同样少得可怜。从他把信寄到管理室信箱，向门房道晚安后，在半夜十二点半到一点间，也就是他被发现死在卧室这段时间里，没有人见过他。庞波利住在前院一楼的一套房间里，是一个腼腆害羞的人。住在同楼的其他本科生告诉警察，他对学习非常认真，经常在下课之后回到自己的房间学习。庞波利曾告诉他在大学里的朋友们，按照他的习惯，读书要读到午夜，当他觉得太累而无法再读下去时，就静静地上床睡觉。他宿舍的邻居们，不管是楼上楼下，还是同一层楼的，都证实了这一点。那天晚上，他的房间里一点声音也没有。他的惨死是后来才为人所知的。因为按照院长的指示，看门人在进入休息室之前要在各个房间里巡视一遍，注意房间里是否有灯光。按照惯例，那些在夜间开着灯的大学生要为自己的行为负责。看门人注意到，那天晚上宿舍里只有庞波利的灯还亮着，便过去询问情况。房间的门是关着的，里面没有动静，但是与大学生习惯相反的是，门是锁着的。看门人接连不断地敲了几下，却没有人回答，而且房间里也听不到任何声音。夜间看门人辛普森开始担心起来，就去告诉院长，院长碰巧还在自己的房间里看书。两人朝着房间再三呼喊都没有得到任何答复，院长就下令把门打开了。

进门的时候，门左边靠墙放着一张写字台，里面有一个抽屉是开着的，那个黑人学生脸朝下，缩成一团，躺在桌子旁的椅子边上。看

41

到此情此景，院长的第一反应是：那个学生喝醉了。进一步的调查发现了一个悲惨的事实——这个年轻人已经死了，而且他的身体已经冰冷僵硬，难以移动。为了进一步检查，大家非常费力地移动尸体。他穿着白天的衣服，院长注意到他穿的浅色外衣后面，就在左肩胛骨下面，被烧出一个小圆洞。法医后来发现死亡是由于左轮手枪的子弹穿透了心脏。法医成功地提取了造成死亡的这枚子弹，后来根据枪匠证实，它是来自某种类型的自动手枪。

剑桥警方搜索了所有记录档案，没有发现任何线索。多年来，在这个城市或大学，没有任何人申请使用这类武器的许可。在这个城市进行武器买卖的经销商提供的这类小型武器的购买者名单中，也没有任何有效的发现。难怪迪卡普特和沃普兰斯顿对于能追查凶手的可能性感到有些沮丧。没有任何证据表明这些罪行是一个人干的还是两个人干的。

"在我看来，"沃普兰斯顿一边说，一边转过身去打开那几封中午送来的信，"在未侦破的罪案刑事案件清单上，好像又要添上两桩谋杀案了。"

迪卡普特笑了。他知道，只要有一丝可疑的线索出现，他的团队里没有人会比沃普兰斯顿更热心地去追查了。他在自己的办公室里还有许多事要做，于是起身向门口走去，这时沃普兰斯顿兴奋地吹了一声口哨。迪卡普特又转过身来，看见他的下属正在急切地查看刚刚打开的一封信，那是勤务兵放在他身边的篮子里的。

"怎么了，沃普兰斯顿？"

沃普兰斯顿在一两分钟前还是一副愁眉苦脸的样子，现在他脸上露出了希望的笑容，答道："这里有些东西，可能对我们有帮助，有一封匿名信。但谁也不知道会不会对我们有帮助，尤其是在这种情况下。"

迪卡普特对沃普兰斯顿的话不以为然。但他等着听对方还有什么要说的。

"就是一张纸条，在半张纸上，你看上面印着六个字，用的是很便宜的墨水、很劣质的钢笔写的。"

"好吧，信上说什么了？"迪卡普特不耐烦地问。

"建议你们搜索帕克台街54号，就是这样。"沃普兰斯顿说着，把纸片交给他的上级。

"那就赶紧查查这个地址。"迪卡普特说道。

沃普兰斯顿飞快地翻着从书桌上拿起来的本地电话簿，他找到了这个地方，然后厌恶地扔下那本书，嚷道："恶作剧——我就知道！"

"为什么是一个恶作剧？"迪卡普特不解地问。

"帕克台街54号，"沃普兰斯顿讽刺地说，"是韦奇伍德·坎伯利教授的住址！"

徒劳无功

　　这个学期很快就要结束了，除了圣诞季每日来牛津购物的客流外，大学城逐渐安静下来。不论天气如何，总有人从周边地区乘汽车或火车，来到沼泽边的一个普通集镇度假。

　　不论是全国的，还是地方的民众，对两个黑人学生耸人听闻的谋杀案，逐渐失去了兴趣——要知道，这起案件曾经打破了秋季学期单调乏味的生活。据说，警方已经上报给了伦敦警察厅，也没有再进一步地调查这起神秘的案件。

　　警方对许多人进行了询问，这些人本来可能会给这起奇怪的案件带来一些希望。他们的陈述被仔细地记录下来，制成表格，但显然没给破案带来明显的突破。

由于这两个不幸的大学生在英国逗留的时间很短，警方很容易就查清了他们所有的资料。除了这个大学，他们在这个国家几乎没有什么认识的人，也没有任何线索表明有什么人——会对他们怀有如此强烈的怨恨或厌恶，以至于想要结束他们的生命。

这个杀人凶手，或者杀人凶手们，在选择杀人的时间和地点时，都是非常谨慎的。午夜时分的特朗平顿街，是一条没有什么行人的道路。杀死奥古·卡拉瓦的谋杀犯一直跟踪着他的猎物，后背的伤口似乎表明——在布鲁克赛德一带的树丛中挡住偶然路过的行人，是非常容易的，因为每个街灯之间隔着很长的一段距离。

同样，在科珀斯学院进行的犯罪被发现的风险也很小。特别是在没有任何危险迹象的情况下，另一名西非受害者卡里夫·庞波利被谋杀了。其他学院的成员，以及本学院的成员经常来拜访住在这里的朋友——在课程结束后的这段时间里，除了科珀斯学院的成员外，还有许多陌生人进进出出这里。

看门人不可能仔细检查每一个从学院大门进来的人，通常也没有这种必要。在这个非洲人居住的宿舍里，大约住了六七个学生，已经完全确认——从晚上八点到十一点三十分，只有两个人一直待在房间里，他们分别住在庞波利的楼上和楼下。对于一个陌生人来说，他有足够的时间等待时机，直到楼梯和大厅里没有访客或住客了，在无人注意的时候，偷偷潜入房间内。从发现死者尸体的情况来看，警方认为闯入者是死者认识的人，或者至少是与死者关系不错的人。庞波利似乎是在他弯腰从抽屉里找东西的时候从背部中枪的。

在所有的抽屉里，都没有发现任何对破获神秘谋杀案有用处的线索。许多抽屉是空的，那些装在抽屉里的东西主要是笔记本，有些是年轻人上课的记录本，旧烟斗、火柴盒和其他一些零零碎碎的东西，这都是大学生常用的东西。

受害者似乎已经摸到了那个抽屉，在警察检查房间时，已经打开一半了。除了孤零零的一个先令和一个已经被撕破的肮脏信封之外，里面什么也没有。从那个信封的样子看，它曾经被装在上衣口袋有一段时间了。信封是用淡紫色的纸做的，里面是鲜艳的紫色，上面还依稀残留着一丝淡淡的香水味。它似乎更像是人们在一个女人的物品中所能找到的东西。毫无疑问，信封鲜艳的颜色和艳丽的外表，对那个黑人学生很有吸引力。

经警方仔细检查，发现上面有指纹的痕迹。其中一些与死者的指纹进行了比对，发现它们与死者的指纹一致，但是还有其他的指纹，大多模糊不清，都是别人的指纹。如果偶然出现什么线索，它们有可能有助于拼凑出悲剧发生前的故事。

信封是空的，但仔细检查后发现里面有一根金色的短头发。它究竟是男人的还是女人的，专家们一直无法确定，也没有任何迹象表明它是如何出现在那里的。警察注意到这个抽屉的钥匙孔里有一把钥匙，而桌子上的其他抽屉都没有上锁。由此可以得出一个合理的结论——这只抽屉是庞波利经常锁着的唯一一只抽屉，而且不知什么原因，庞波利在凶手来访时打开了它。这也不过是猜想而已，因为正如沃普兰斯顿探长指出的那样，凶手可能是从空无一人的楼梯悄悄溜进房间的，不知什么原因，他碰巧打开了抽屉，吓了庞波利一跳。

这个奇怪的一个先令可能意味着，这里就是那个非洲人存放钱财的地方。凶手在杀死他后把钱财偷走了，而忽略了留下的那一枚硬币。

这个黑人学生是一个非洲酋长的儿子，他有充足的钱财。他父亲的臣民们知道这些钱财都是取之于他们的。到了征收房屋税的时候，这个贪得无厌的老人向那些没有勇气反抗或拒绝缴纳非法税款的人征收私人税，这远远超过政府所要求的数额。但是没有人有把握地说，庞波利有把大笔现金放在身边的习惯。

从城里的商人中打听到的情况是，死者在许多商人那里欠了很多钱，买了这样或那样的奢侈品，而当他使用了这些奢侈品后，面对商人出示的账单时，他并不想支付这些费用。

一个裁缝的账单将近三十英镑。一个药剂师兼香水商列出了一份长长的单子，包括许多瓶专利药，还有几瓶昂贵的香水和浴盐。杂货商的账单上，大多数与昂贵品牌的糖果、蛋糕和甜饼干有关，这些商品价值高达两位数。

剑桥的裁缝、药剂师和杂货商对庞波利不能及时结清账款而表现出不耐烦是情有可原的，但据警方所知，他们并没有把自己的感情转化成杀人的倾向。在这学期中，为了访问伦敦，庞波利好几次从他的导师那里得到了离校许可。他说他去的目的是要去访问首都的牙医、裁缝和一位同胞，为了证实自己的说法，他还向导师提供了他们的姓名和地址。

此后，警方试图核实这些情况：但有一次，也仅一次成功的经历。这与一个在南肯辛顿行医的牙医有关，他能从日记中查到庞波利进城的某个日期，那是庞波利为拔掉一颗牙齿而专程拜访了牙医。

新闻界对这些调查的报道，导致了一位来自国王学院的名叫法纳姆的本科生的现身。他作证说，他在伦敦西区一家大饭店举行的生日派对上，看到庞波利在同一个地方吃饭，和庞波利一起吃饭的是一位漂亮的年轻女性，她的品行看上去不是非常端正。

这就暂时提出了解决这个问题的另一种思路。尽管敲诈勒索可能会被怀疑，不过将凶杀与这个非洲学生的道德缺失联系起来，似乎可能性也不大。

但警方尚未停止按照这件事件提示的方向进行调查。根据笔录，科珀斯的一个二年级学生，名叫布拉姆斯特，和庞波利住在同一个楼层，就在那个非洲人的房间对面，偶尔会在晚上到外国"新生"的房间里去聊天。他对庞波利在妇女及其地位问题上所表达的某些观点感到厌恶。他们曾经有过一些争论，这些争论经常变得很激烈，因为庞波利夸大了他自己国家中女性的屈从状态，并对白人男性表示了某种谨慎的蔑视。因为白人男性允许女性在社会上获得一个体面和受人尊敬的地位。根据布拉姆斯特的描述，庞波利批评了欧洲男性屈服于女性追求自由和平等的渴望。

　　就目前而言，一切都还正常。布拉姆斯特读过关于非洲的书：他意识到在落后的文明和教育状态下，刚入剑桥大学的非洲本科生，对那些允许自己的妻子和女儿享有公民权和责任的男人很蔑视，这是很自然的。在很大程度上，非洲落后于欧洲很多年。庞波利的父亲就是这些所谓的酋长中的一员，他们实际上不过是小部落首领，就如同生活在《旧约》所描述的族长统治时代，妻子是财产，受丈夫的摆布，丈夫对她们的所有行为有完全的权力。她们一生的生活方式，与她们丈夫所占有的牛羊和其他牲畜的生活方式没有太大区别。

　　在庞波利看来，女人最需要的品质，首先是能生育强壮健康的孩子。如果他们的孩子是儿子，这些孩子将成为父亲的财产，帮助父亲耕种土地，管理领地；如果是女儿，就可以从她们未来的丈夫那里，以金钱和实物的形式，给家族的磨坊带来粮食。一个妻子最不受欢迎的品质就是不听管教。这些所谓的品质让听者感到厌恶——因为庞波利并没有装出过分拘礼的样子，他会详细叙说让听者感到恶心的词语。

无论是剑桥警察局长，还是被派去协助他的伦敦警察，都没有放弃案件中有女性的可能性，只要他们能找到她。但到目前为止，几乎没有迹象表明他们在这方面的努力会取得成功。事实上，现在看来，这一定是一场死局。

奥古·卡拉瓦的案子同样令人困惑不已。警方调查发现，在剑桥或其他地方没有任何人有动机要结束这个黑人的生命。他的性格比他的同胞安静，不那么张扬；也没有关于不必要和不适当的奢侈生活的欠账记录；也没有任何类似庞波利的案件中与道德可疑的异性混在一起的记录。

在剑桥，唯一可以说与他关系不好的人，就是他的同胞——科珀斯的本科生庞波利。但是卡拉瓦的死几乎可以肯定是在庞波利死后发生的，所以这一事实对揭开神秘的谜底并没有多大帮助。从另一个角度来讲，即使证据确凿，把来自科帕斯的庞波利的死归罪于来自圣约翰的卡拉瓦，也必须找到一个新的罪犯，作为杀害卡拉瓦本人的凶手。事实不可能发生逆转。有确凿的证据表明，从看门人看到庞波利把信寄到管理室之后离开小屋，到他被发现死在自己的房间这段时间里，他一直没有离开过自己的房间。

警察局长迪卡普特不得不承认，一直在快速增长的未破案的名单上，似乎要添加上这两桩案子了。

离圣诞节只有几天了，伦敦警察局的人已经回去一周了，他们承诺将把这件事情放在心上仔细研究。当剑桥警方可以找到一个合理的借口继续对学生进行调查时，他们就会做好回到大学城的准备。

"如果我们至少能在假期前确定一些事情，那就更令人满意了。我觉得，"沃普兰斯顿探长沮丧地继续说，"如果我不能做点什么，我的圣诞节就会被毁了。"

警察局长迪卡普特虽然比沃普兰斯顿探长年轻，却比较沉着。"如果我是你的话，我就不会那么耿耿于怀了。"他想让沃普兰斯顿振作起来，"如果伦敦警察厅也不得不承认他们暂时被打败了，"迪卡普特强调了这句话，"你也没什么好羞愧的。警察的工作和其他任何工作一样多——也许甚至更多——巧妇难为无米之炊。发现线索没什么用。我们不是犯罪小说家，也不是记者。对我们来说，只有事实才是有用的。"

令迪卡普特吃惊的是，他的下属突然变得兴奋起来。

"我告诉你，"沃普兰斯顿说，"有一个线索我们还没有利用。那张关于手枪和教授的匿名信呢？"

令沃普兰斯顿恼火的是，他的上司突然大笑起来。

"怎么？你不会是说你就指望这个吧？我以为我们都觉得那只是个玩笑。你不可能是认真的，如果你重视它，这个案子就真的很困难了。就是某个怪胎大学生，想要一鸣惊人，或者为了某些事情报复他——这个老家伙过去曾对他做过错事。"迪卡普特说完又大声笑了起来。沃普兰斯顿被激怒了，但无法阻止他的上级官员，他的脸涨得通红。

"这也许只是一根稻草，但这就是溺水的人要抓住的东西。不管怎么说，调查一下也没有什么坏处。"

"我祝你好运，如果你真去执行这个任务，去应对韦奇伍德教授的话……"迪卡普特再次大笑起来，"据我所知，教授被激怒后，只有驯狮师才能唬住他。如果他猜出你怀疑他谋杀了一个非洲大学生，他就有理由被激怒了！"

"更何况，他不在持有枪支执照的名单上。"迪卡普特补充道。

"如果他有一把枪——毕竟问他是很容易的——我们有权力问他用它做什么。你记得我们问过的一两个同学提到过，在三一学院——应该说是三一学院大厅，教授有一天早晨很生气，看上去像要把这个叫卡拉瓦的家伙吃掉。"沃普兰斯顿站起来，戴上帽子。

"你现在要去哪儿？"迪卡普特惊讶地问。

"先生，我这就，"沃普兰斯顿说，"到帕克台街54号去！"

陷入僵局

沃普兰斯顿探长走近帕克台时，他感到自己的信心在慢慢减少。这一天没有什么事情能让他振作起来。清晨的毛毛雨已经变成连绵不断的倾盆大雨，在潮湿狭窄的街道上穿梭的公共汽车和汽车车轮上的泥浆，不时溅到他的裤子上。要知道，当向警察局长迪卡普特表示出去拜访教授的决心时，他感到自己斗志昂扬。当时促使他迈出这一步的原因，是他觉得，假如那匿名信中提到的怀疑是有根据的呢？假如教授真的拥有一支自动手枪呢？假如教授没有向剑桥警方报告枪的所有权，而是在别的地方买的呢？教授们在生活方面是出了名的心不在焉，这是众所周知的。教授可能无意之间做出了违法行为，但这并不意味着他与两起神秘的黑人学生谋杀案有任何牵连。这两起谋杀案给沃普兰斯顿和他的工作人员带来了如此多的困惑。沃普兰斯顿曾经在当地的一份报纸上看到过，这位著名的人类学家可能不久就要去西非工作。他认为按照惯例，前往该国的人，特别是如果这些人的工作可能把他们带到更荒芜的地方的话，他们通常都要配备足够的武器。剑桥警方就收到了许多被派遣到殖民地服务的大学生的申请，要求获得持有小型武器的许可。

在本科生中调查庞波利和卡拉瓦谋杀案的过程里，沃普兰斯顿多次听说韦奇伍德教授对有色人种学生，尤其是西非年轻人，有一种明显的，甚至是不合理的偏见。他听说过三一学院课堂上发生的那件事，就在卡拉瓦离奇死去的那天早上，这位学生因为上课迟到而惹怒了教授。但是，如果认为这种愤怒可能会让剑桥大学引以为豪的、最著名、最杰出的教师产生杀人倾向，这似乎有点牵强。

如果这个假设成立，那韦奇伍德教授一定是个疯子。这听起来极不可能，但也不能完全排除。综观历史，特别是犯罪史，可以看到许多类似的例子。在各行各业都有杰出成就的人，一般情况下他们和普通人一样神智正常，但是他们的大脑中有某种特殊的怪癖，会使他们在某个特定的问题上或在某个特定的人身上发疯。《威尼斯商人》中的犹太人夏洛克就提到的一些怪癖：某些人对猫会莫名其妙的厌恶；某些人听到笛声就会产生奇怪的反应。

这种神经紧绷的反应让沃普兰斯顿稍微兴奋了一点，也许事情并没有像起初担心的那样偏离轨道太远。也许韦奇伍德教授对黑人的厌恶正成为支配一切的激情。这件事在沃普兰斯顿脑子里翻来覆去地想，弄得他神魂颠倒了：在教授演讲的关键时刻，圣约翰学院的那个不幸的年轻人打断了他，他一直无法平息自己的愤怒，直至那天晚上他跟踪他的猎物，除掉了那个黑人，并永远消除了这个黑人犯下类似罪行的机会。

沃普兰斯顿离帕克台越来越近了。越接近目标，他对自己的信心就越少。警察局长迪卡普特已经暗示过，教授在任何时候都不是一个容易对付的人。如果自己的怀疑是没有根据的，怀疑的对象也隐约知道他这次来的动机……一想到一上午的工作可能会产生的结果，沃普兰斯顿就畏缩起来，这甚至可能会让他失去工作：可能意味着，至少是降职，降级到一个所有希望和未来抱负都将被永远埋葬的小警局。他将过着一种单调、平淡无奇的职员生活，直到申请到微薄的养老金为止。韦奇伍德教授是个很有影响力的人——他知道这一点，从他询问过的各个本科生的反馈中，以及从全国和地方报纸上不时对他的报道中都能看出来。如果韦奇伍德教授在他现在提出的问题上完全无罪的话，教授一定会对错误的指控感到愤愤不平，接着他只要对那些警察界的权威人士简单发几句牢骚，就会让自己在警察界的锦绣前程化为泡影。

沃普兰斯顿想打退堂鼓：因为他所能设想到的未来是毫无希望的，这并不是一件令人愉快的事情。毕竟，他的怀疑并没有什么根据。正如他现在所意识到的那样，促使自己制定目前正在实施的计划的唯一原因是——在其他地方完全没有找到任何破获案子的头绪。

沃普兰斯顿来到了大学阿姆斯旅馆后面的小亭子里。不管是否决定继续自己的计划，对这件事考虑得更成熟一点对他没有什么害处。他转过身去，寻找那座小楼的正面。长椅是空的，在倾盆大雨中，他面前的这条路前景黯淡。

沃普兰斯顿合上伞，抖了抖，他在凉亭上的一个座位坐下来，拿出了烟盒。也许，安静地抽一支烟会使他得出某种确定的结论，并明确是否值得通过冒毫无疑问的风险，去实现自己拜访这位人类学教授的意图。他默默地笑了笑，决定不再尝试在韦奇伍德教授这个方向上的探索。

沃普兰斯顿开始希望教授可能不在家，但他不太相信事实会如此。就在出发之前，他让一名警察给教授家打过电话。这名同事用一个假名字和捏造的消息与韦奇伍德教授取得了联系。在繁忙的上午进行研究工作时，一个粗心的人误拨了号码并打扰了他，教授对此毫不含糊地表达了自己的愤怒。

远处教堂的钟敲响了十一点。依据早上韦奇伍德教授对打电话警察的回复，沃普兰斯顿了解到，除了教授自己的书房，几乎不可能在任何其他地方找到教授。不，这个计划是他想出来的，他必须完成它。如果他回到警局，说自己想到了更好的办法，那不是打退堂鼓了吗？警察局长迪卡普特会怎么看待自己呢？

香烟使沃普兰斯顿平静了下来。云雾中出现了一丝曙光，有几秒钟，阳光透过厚厚的云层照射进来，雨下得没有那么大了。警察的工作也是如此，当一切似乎毫无希望时，就会不知从哪儿冒出来一个微弱的线索火花，而且会越来越大，直到最后它成为给凶手定罪的关键。到目前为止，在他们调查的两起案件中，除了收到关于这位教授的匿名便条外，没有任何线索。有一定的理由认为，韦奇伍德教授至少在某种程度上和这件事情是有所关联的，即使他是无罪的。教授是个仇视黑人的人。其中一名被谋杀的男子是个年轻人，他在去世当天招致了教授的不满。另一名死去的大学生庞波利和卡拉瓦来自同一个地方，尽管他并不是卡拉瓦的朋友。韦奇伍德教授对剑桥大学招收有色人种学生的问题一直很感兴趣，他可能知道一些年轻人之间的来往情况。

沃普兰斯顿重新点燃了一支香烟，咕哝了一声。他试图从开始思考的那一点上摆脱出来。早上，当他从警察局出发的时候，已经有了一个明确的想法，那就是询问韦奇伍德教授，来验证教授是否有可能被证明与这些罪行有牵连。而现在，沃普兰斯顿却在竭力使自己明白，这次来访的目的完全是另一种性质的。这是懦弱的表现。这件事是他自找的——警察局长嘲笑他的想法太荒唐了，但是他必须要把它完成。

钟声响起，半个小时又过去了。沃普兰斯顿又抽了两支烟。雨下得比以前更大了。他的脑子里闪过去帕克台街54号的行程，拖得越久韦奇伍德教授就越有可能已经出去了。他扔掉这支抽了一半的香烟，撑起雨伞，从凉亭中走了出来，装出一副勇敢的样子。再过几分钟——甚至几秒钟——沃普兰斯顿就会来到韦奇伍德教授的家门口。他机械地打开那扇已褪了色的绿门，这扇门通向那座老房子前面那规整的小花园。他以一种不能真实反映自己内心思想的轻快动作，拉了拉老式的铁铃。

让沃普兰斯顿吃惊的是，开门的不是女仆，而是一个年轻漂亮的姑娘，他一眼就认出她是教授的亲生女儿。沃普兰斯顿脸红了，这让事情变得更加尴尬。很可能，坎伯利小姐也觉得他面熟，就像他认识她一样。

"韦奇伍德·坎伯利教授在家吗？"

一种怀疑的表情似乎掠过那年轻姑娘的脸。沃普兰斯顿没穿制服，但他看得出姑娘认出了自己是谁。这并不出人意料，他在镇上是一个大家都熟知的人物，但没有什么特别的理由让她知道他的职业。

"是的。"多莉·坎伯利犹豫了一下回答。

"我可以见见他吗？"

"爸爸今天早上很忙。"女孩犹豫地说，仍然紧紧抓住前门，不再打开。这是一个逃避的借口。

沃普兰斯顿正要道歉，并问他是否可以改天再来。但他努力使自己振作起来。"对不起，小姐，打扰了，可是这是件很重要的事。"

"哦，好吧。"多莉·坎伯利把门打开得更大一些，然后后退一步，让来客进来。

"我想，"她犹豫地说，"我以前在什么地方见过你，但我不太记得你是谁了。我想你以前没有见过我爸爸吧？"

沃普兰斯顿走进小客厅时，不安地笑了笑。"坎伯利小姐，我经常在城里闲逛。"他似乎并不急于透露自己的身份，"我是剑桥警局的沃普兰斯顿探长。"女孩的眼睛里露出认出来的神色，伴随着少许的惊慌和不安。与此同时，沃普兰斯顿也带着几分惊慌和焦虑的心情在思考着。

"哦，是的，当然了。我想我在那年夏天的警察运动会上见过你。我去告诉爸爸，你请坐下吧。"她指了指大厅角落里一个落地钟旁的木椅，那是一把看上去很不舒服的古式木椅，它没有垫子，也没有扶手。

沃普兰斯顿探长又动摇了。如果他有什么怀疑的话，这个女孩会

59

不会警告她的父亲，让教授为他的来访做好准备？但是他什么也没说，就坐在了女孩指的座位上。"好的，小姐。我在这里等着。"

多莉·坎伯利穿过大厅，走到她父亲书房的门口。她轻轻地敲了敲门，然后打开门走了进去，随手把门关上。沃普兰斯顿的心跳得比平时快得多，他显然感到很不自在。他真希望在进行这次相当尴尬的访问之前多做一些准备工作。从关着的门里，他听见韦奇伍德教授响亮的说话声，听起来绝不是一种和蔼可亲的声调。

最后，悬念终于结束了。书房的门又开了，多莉·坎伯利站在门口。"爸爸请你进去。"她给这个不情愿的来访者开门。当他走进去，姑娘安静地离开时，沃普兰斯顿觉得自己像一个驯兽师，第一次来到一个新购买的狮子前。

"早上好，我能为您做些什么？"教授没有让来访者坐下。他坐在桌旁的椅子上，并没有试图站起来，而是从右肩上以一种不友好的态度望着自己的客人。

"早上好，先生。"沃普兰斯顿说，他尽量掩饰自己的紧张情绪，但失败了。韦奇伍德教授哼了一声，没有搭理他。

"我今天上午非常忙，不知道何处得来的荣幸，让您前来拜访。我想您是和警察有关的人吧？"教授每说一句话，就显得更加恼火。他在任何时候都不习惯轻声说话，最后几句话几乎是大声说出来的。

沃普兰斯顿认为耍手腕是没有用的。如果他想跟教授这种性格的人拐弯抹角，他很快就会完全被对方摆布了。

"先生，我有理由相信，您持有枪支，一把自动手枪，而您要么没有这方面的执照，要么没有向剑桥警方报备。"

韦奇伍德教授的态度发生了惊人的变化。他那红润的脸色立刻变得像死一般的苍白，当教授转过身来面对来访者时，他放在椅背上的那只胳膊无力地垂下来，他开口准备回答探长的问题时，突然又闭上了嘴。

沃普兰斯顿和教授一样尴尬。他一动不动地站在那里，一句话也说不出来。沉默似乎持续了好长一段时间，两人还没来得及打破沉默，门上就传来了轻轻的敲门声，多莉·坎伯利不等她的父亲允许就走进了书房。

"对不起，爸爸，打断你们的谈话。昨天晚上我把东西落在你的一个抽屉里了。对不起，我没有告诉你，我现在就要取走它。"她二话没说就走到教授的书桌前，拉开了那个抽屉。多莉·坎伯利曾经看见父亲在两个黑人大学生被杀后的那个晚上，从那个抽屉里取出了那支自动手枪。此时韦奇伍德教授却一句话也没说。

沃普兰斯顿趁这一机会，闪开身子让女孩过去。当女孩拉开抽屉时，他看到了整个抽屉里的东西。"这是我的手表，我想请你下次去伦敦时把它修好。不过,我在咱们这儿找到了一个地方,他们也能修好它。"

多莉·坎伯利一边说着,一边从抽屉里拿出一只小小的金手表。她小心翼翼地拿在手里,以便让来客有机会证实她的话。抽屉大开着,沃普兰斯顿可以看到,既然手表被取走了,抽屉里已空无一物。韦奇伍德教授弯下腰去看抽屉里的东西。当教授重新坐在椅子上的时候,沃普兰斯顿仿佛听到对方松了一口气。他完全糊涂了。

"那么,探长,现在我能为您做些什么呢?"教授现在似乎很镇定,他的声音尽量温和而有礼貌。

"我……那是……"迷惑不解的沃普兰斯顿结结巴巴地说,"我们得到的消息是,嗯,我告诉过您的,先生。那一定是一个恶作剧——一个恶作剧。我很抱歉。"

沃普兰斯顿向教授找了个好的借口,竭力推脱。然后由教授的女儿礼貌地送到了门口。但是当沃普兰斯顿离开房子的时候,他知道那个女孩用智慧战胜了自己。原本书桌抽屉里有样东西,那是教授和多莉·坎伯利都不希望让他看到的东西。

圆桌会议

　　大斋节又来了，伴随着它，米迦勒节未兑现的诺言终于实现了。人们已经在冰冻的沼泽上滑了两天，冰冻似乎还要持续一段时间。多莉·坎伯利穿着深蓝色羊毛滑雪服——这是她在去年穆伦冬季运动会穿过的衣服，看上去神采奕奕。当她为两位年轻男士倒茶的时候，那两位却已经迫不及待地把手伸到了国王游行餐厅的女服务员刚刚送过来的第一盘奶油松饼上。

　　"加油，帕特！你也是，杰弗里。希望你们像个男人那样，让女孩承担所有工作。在我有机会吃到东西之前，请你们把食物消灭干净。"

　　杰弗里·克莱斯顿和善地笑了笑。"我道歉。"但他并没有试图控制自己吃松饼的欲望。

"我不这么认为，"帕特·弗莱姆利毫不后悔地说，"干点活对多莉来说没有什么坏处。你已经长胖了，既然教授去了非洲，你整天无事可做，倒点茶水对你大有好处。"

"听到没，听到没。"杰弗里·克莱斯顿附和着，他吃完了第一块松饼，又拿起了第二块。

"世界上有那么多的工作，你们俩偏偏都要去非洲。在西非，礼貌根本不重要！"

"哦，"杰弗里·克莱斯顿反驳道，"那是谁告诉你的？"

"是的，谁？"帕特·弗莱姆利问道，"据我所知，你认识的唯一一个非洲人，就是那个可怜的卡拉瓦，上学期被一个警察还没抓到的坏蛋给干掉了。"

"看来也不太可能抓到，"杰弗里·克莱斯顿冷笑着说，"在我看来，当我们在年底出发到那里时，我们会显得非常愚蠢。去非洲维持一个属于黑人的国家秩序，而我们剑桥的警察甚至无法在两个非洲人遇害后抓住罪犯！"

他们又回到了老话题上。两名不幸的黑人大学生被杀的事件并不仅仅停留了几天。整个大学，连同镇上的警察，对这件事仍然感到非常痛心。特别是那些对警方所面临的困难毫不知情的人，对警方的批评是严厉而无情的。

"我不能说，"杰弗里·克莱斯顿接着说，"我为庞波利感到特别难过。我跟科珀斯的布拉姆斯特也很熟，他给我讲过一些关于这家伙的很难听的话。他说起女孩子的样子——我的意思是说白人女孩——真叫人气得脸红。"他的语气变得愤怒起来。

帕特·弗莱姆利点点头表示同意。"不管怎么说，我们不能因为一个人说了那些话就冷血地杀死他，我们也不能为警察找借口，他们本应该查明谁是罪犯的。"

"那倒是真的，"帕特·弗莱姆利说，"但在卡拉瓦一案中，他连这一点罪过都没有。我认识这个人，你也见过他，他完全不是那样的人。"

杰弗里·克莱斯顿点了点头。"我甚至还把他介绍给你认识。"他转向多莉·坎伯利。

"是的，"姑娘说，她现在已经完成了倒茶的工作，正开始抚平因在沼泽地上滑了一下午而饥肠辘辘的胃，"从我对他的印象来看，我是喜欢他的，没有什么可讨厌的地方。他比某些白人有礼貌得多——甚至比离这里不到一百英里的一些白人还要礼貌得多！"她挑衅地瞥了她的两个同伴一眼，但是这个挑战没有被接受。

多莉·坎伯利接着说："甚至还有庞波利。最近，我读了很多关于非洲的书，小说之类的。几年前，当我还是个孩子的时候，我看了

65

一部叫作《白色货船》的电影。是一位姑妈带我去的，尽管它不适合十六岁以下的孩子看。我想，她认为因为书名里有'白色'这个词，所以对我来说就没什么问题。"

她停了下来，打量着那两个年轻人的脸。很明显，他们对这部电影有所了解，因为杰弗里·克莱斯顿和帕特·弗莱姆利的眼睛里都有一种惊讶的表情，似乎他们在想接下来会发生什么。多莉·坎伯利一向坦率直言，他们对此都很感兴趣。

"我想说的是，你们可能会感到惊讶，因为这不是传统的观点。我认为即使是庞波利也可以被谅解，即使你们听到的关于他的事情是真的。我知道我们总是在谈论，在西非白人男性可以为所欲为，我是说就黑人女性而言。但如果发生了相反的情况，黑人男性来到这里，试图对白人女性有点过于友好，那就会引发骚动。"

帕特·弗莱姆利和杰弗里·克莱斯顿非常惊讶地面面相觑。这显然与在这个问题上的正统态度完全相反。

"我应该说，就我个人而言，当黑人来到这里时，当他们出现越轨行为时，人们对他们会谴责不断；然而当白人来到非洲时，当他们也做出同样的行为时，谴责就会少很多。"

"但是……"帕特·弗莱姆利插嘴说，他想把话题转到别的方面去，但没有成功。

"我还没说完呢，帕特，"多莉·坎伯利甜甜地说，"白人男人对女人总是那么亲切，那么有骑士风度。我敢肯定，在我说出我想说的话之前，你不会想阻止我吧？"

帕特·弗莱姆利放弃了尝试，他和杰弗里·克莱斯顿很配合地倾听起来。毕竟，他们饿了，在冰上度过了一个下午之后，奶油松饼和热茶显然让他们感到安慰——即使他们不得不听一个姑娘的一大堆在他们看来是错误的说教。虽然多莉·坎伯利有一些古怪的想法，但她绝对不失是一个漂亮、有趣和讨人喜欢的女孩。

"黑人，你们和爸爸都这么称呼他们，到这里是来接受文明教化的，而那些被派遣去他们国家的白人已经被文明教化过了。如果他们以同样的方式行事，而你们认为这种方式是错误的，那么谁应该受到更大的指责呢？白人知道这样是不对的，但他们还是继续做错事，而黑人并不知道自己做的事情错在哪里。"

"这不是重点，"杰弗里·克莱斯顿迫不及待地打断道，"在他们学会更好地理解我们之前，他们没有资格到这里来。来这里之前，他们应该学习一些有关我们的道德准则等方面的知识。我们从来没有要求他们来这个国家，也没有要求他们来剑桥。"他相当无力地补充道。

帕特·弗莱姆利笑了。尽管他非常赞同朋友的观点，也从来没有仔细考虑过这个问题，但他清楚地意识到帕特·弗莱姆利的观点是站不住脚的。

多莉·坎伯利意识到自己的辩证成功了，她继续说下去："当然，爸爸也会这么说，他总是这么说：'我们从来没有请他们到这儿来，他们为什么不能待在自己那野蛮的国家里呢？'但你仔细想想，就会发现一切都很糟糕。难道他们就不能对我们说同样的话吗？他们从来没有要求我们去夺取他们的国家，在那里建立我们自己的殖民地。我们这样做是为了防止其他白人也来做同样的事，尽管现在我们试图假装这样做是为了当地土著居民好。"

"多莉，你说得很好。不过，如果你碰到这样一个鬼鬼祟祟的黑家伙……"

"我当然知道怎么避开他了。有一天，你把庞波利指给我看，有一张他坐在我们后面的照片。他看上去并不比大多数人差，甚至比有些人好得多。"她说话的严厉使两位听众都对那个假想的黑人小偷产生了一定程度的同情。

"但是我有件事想跟你们谈谈。"多莉·坎伯利压低了声音，脸上露出了更加严肃的表情。她不安地环顾四周。好在茶餐厅里虽然还有其他人，但他们都在高声交谈，个个兴致勃勃，所以并不担心这些人会听到她要说什么，"我敢说你们听说了，警察派人去拜访我爸爸的事吧？"

帕特·弗莱姆利和杰弗里·克莱斯顿点点头。虽然这件事在当地的报纸上被压制住了，但是城里和大学里的人都知道，有一个探长对韦奇伍德教授进行了一次正式的访问。有传言说，此事涉及无照持有武器，韦奇伍德教授关于有色人种在大学中逗留问题的著名观点自然暗示了这样一种推论，即人类学家可能知道两名非洲学生的神秘谋杀案中的某些信息。这件事在剑桥引起了极大的轰动。

"当然，你知道，帕特，"多莉·坎伯利转身对帕特·弗莱姆利说，"爸爸有一把自动手枪，我记得告诉过你。"帕特·弗莱姆利点点头。

"我记得，而且我相信，"帕特·弗莱姆利微微涨红了脸，继续说道，"我向你提过这件事。"他转向杰弗里·克莱斯顿。

"是的。但是，"杰弗里·克莱斯顿急忙对那姑娘补充说，"我可以向你保证，我从来没有对其他人吐露过一个字。"

多莉·坎伯利笑了。"我不介意你知道。我从来没有告诉帕特他不必告诉任何人。他是个很有见识的人，上帝保佑他，尽管在某些方面他还是个孩子。我敢肯定，如果他真想告诉别人，除非他觉得可以信任，否则他是不会这样做的。"

杰弗里·克莱斯顿听了这句俏皮的话似乎松了一口气。他假装感激地鞠了一躬，刚要说话，多莉·坎伯利又接着说："我没有告诉你的是，"她再次转向帕特·弗莱姆利，"在没有我允许之前，你们任何一方都不能向任何人透露这件事，因为那天晚上父亲不在家，而且他一定经过了卡拉瓦在布鲁克赛德被发现死亡的地方，大约就是谋杀发生的时间。"

帕特·弗莱姆利和杰弗里·克莱斯顿惊讶地面面相觑。他们急忙向那姑娘保证，他们保守秘密会和她自己保守秘密一样安全。

"我知道，所以我才告诉你们。我可能需要你们的帮助，以防警察愚蠢地做出大惊小怪的事情。"

两人都坚决地保证他们会对多莉·坎伯利和她父亲绝对忠诚。

"这真是太不寻常了。"她仍然低声说话，以免她的话被邻桌的人听到。帕特·弗莱姆利和杰弗里·克莱斯顿不得不向前探着身子，以便听得懂她的意思。两位中年纪较小的帕特·弗莱姆利，不得不把自己的脑袋凑近教授漂亮女儿的脑袋，但他并没有觉得这有什么不愉快的。他开始意识到，教授的女儿长得真的很漂亮，她在为韦奇伍德教授辩护时所表现出来的那种精神，同样值得钦佩。

"爸爸出去拜访了一位朋友，住在特朗平顿街不远的圣约翰学院的霍塞尔教授。他是在探长来询问手枪的事之后告诉我的。他说就在两起谋杀案发生的那天晚上，他经过莱伊学校的时候，就在他所记得的墙边邮筒附近，他确实看到路的另一边，靠近布鲁克赛德的地方有几个人。他隐约记得听起来像是一声枪响，然后是'扑通'一声，还有像是有人掉进水里的声音。可是，你知道我爸爸，他总是心不在焉的，或者更确切地说他总是在脑子里考虑一些问题。他一点也没有注意这件事情，甚至也不记得，直到第二天早上我们听说了凶杀案。他说对此事他所能想到的就是，那可能是某个大学生喝多了，和别人吵了一架，掉进水里了。不管怎么说，这不关他的事，他从来没有想过去干涉。但是当他知道自己肯定就在案发现场附近时，他有点心烦意乱，尤其是当他知道这是由一把小型自动手枪造成的死亡，就像他自己的那把一样时。更糟的是，被谋杀的人是一个来自非洲的本科生。在大学里，我爸爸对黑人的偏见是如此有名，他经常表达自己的这种观点，现在他开始担心自己的名字可能与这起犯罪事件联系在一起。当然，我告诉他，这一切都是荒谬的，没有人会这么想。但是我爸爸很固执，尽管你可能不这么想，除非你很了解他——他对一些事情很紧张，很胆小。"

这条消息对女孩的两位听众来说都是新闻，他们两个都在心里暗自发笑。他们还记得漫画中偶尔出现的故事，这些故事讲述了驯狮者在不得不与自己的妻子打交道时的反应，这反应完全不同于在职业生涯中与猫科动物打交道的样子。这样的类比应用在剑桥人类学教授身上非常合适。

"在谋杀案出现后，我在书房发现他手里拿着手枪。他后来承认，没有自找麻烦通知当地警察，因为他认为这是他应该拥有的。当得知自己即将开始非洲之旅的时候，他在伦敦买了支左轮手枪，并带了回来。虽然他并没有预料到警察会来询问他，但他意识到，如果后来被人发现自己不正常地拥有这件东西，对他来说事情可能会有点尴尬，并且他对英国剑桥大学，事实上是英国有色人种大学生的偏见是如此强烈，而在黑人被谋杀的时候，他就在其中一名男子附近，目前凶手仍然逍遥法外。凶案发生之后的那个晚上，我在他的书房里发现了那把手枪。他在把手枪藏起来之前，一直在清洗。他告诉我，有一天我不在家，他在花园里练习了几枪。后来他想到，万一真有人找到了那把枪，发现枪的枪管是脏的，这一事实会使他的处境更加严峻。长话短说，我知道求爸爸让我负责这件事是没有用的。他坚持把它放在抽屉里，但我找到了一把能打开它的钥匙。有一天，趁他不在家，我打开了桌子，拿出了手枪，藏在了我自己的房间里。幸亏我这么做了，因为我看到，探长过来拜访的时候，爸爸焦虑不安。他认为那个人可能有权利搜查他的房间，寻找那支无照手枪。当沃普兰斯顿探长在书房里询问他时，我走了进去，当着探长的面打开了抽屉，拿出了我的手表，就是我放在那儿代替左轮手枪的手表！"

多莉的听众听了这个故事都觉得好笑，他们很难相信教授会不安，除非他确实暗地知道一些他不愿公开的、关于谋杀案的秘密。但这两个年轻人都没有说出自己的怀疑。帕特·弗莱姆利对教授女儿的好感越来越强烈，而她对父亲的忠诚是众所周知的，如果他胆敢暗示韦奇伍德教授可能与此事有任何牵连的话，那么他对她的情愫就会彻底破灭。杰弗里·克莱斯顿目前是情窦未开的，但是头脑保持的理智和继续与女孩保持友谊的真诚渴望也阻止了他开始一个危险的话题。

三个人喝完茶，帕特·弗莱姆利抽着烟斗，姑娘和杰弗里·克莱斯顿抽着烟。他们继续探讨这个话题的其他方面，这个话题在大学城仍然是最受欢迎的。

"我想，我读过有关这些事件的所有报道，"帕特·弗莱姆利坦率地说，"只有一件事让我感到震惊，我认为警察可能一直都找错了对象。你们还记得吗，在勘验现场时，警官金在那两个家伙发现卡拉瓦的尸体后跟了过来。他说过，在布鲁克赛德聚集的一小群人中还有一个黑人。"

杰弗里·克莱斯顿和女孩都点了点头。

"好吧，"帕特·弗莱姆利继续说，他斟酌着措辞，似乎是为了给听众留下深刻印象，"我禁不住认为，这是一个应该加以调查的关键点。据我们所知，没有人试图追踪这个家伙，尽管这个地方这个学期黑人比以往任何时候都要多一些，但大学里的白人还是比黑人多得多。无论如何，追踪那个家伙，了解他的情况，应该不太难。"

"我同意，"杰弗里·克莱斯顿说，"尽管进行了那么多的调查，但他们还没有发现任何一个白人，有真正的理由想要对这两个黑人中的任何一个下手。但根据我们在讲座和其他方面上听到的对非洲的描述，他们是一群喜欢争斗的人，他们之间的争斗，我不明白为什么不能追溯到某种宿怨或西非的其他方面。"

"我们的杰弗里越来越聪明了，"多莉·坎伯利惊呼道，"我想你最好改变你的计划。与其去西非，为什么不去犯罪调查部找份工作呢？"然后她的语气突然变了，"可是说正经的，我认为你说的话也许有些道理。但我们怎么能确定警方没有悄悄追查这条线索呢？"

杰弗里·克莱斯顿摇了摇头。"大学中的某些人肯定知道这件事的。到目前为止，剑桥警方在这件事上所做的工作几乎是微不足道的，伦敦和当地的报纸都没有报道这件事。此外，我认为他们还没有意识到这一点，它只能作为最后考虑的一条线索。也许他们有这样思考的理由，我们对此一无所知。"

帕特·弗莱姆利若有所思地抽着烟斗。

"好吧，杰弗里，我们自己做点调查怎么样？毕竟，既然我们要去非洲，这件事对我们和其他人一样重要。我们，也就是我会觉得自己处于一种错误的位置。我们到非洲去告诉黑人该怎么做，而在一件对他们如此重要的事情上，我们自己却什么也做不了。"

"干得漂亮，帕特。"多莉·坎伯利喊道。她对这个年轻人表现出的精神感到高兴。她觉得，她父亲身上仍然笼罩着某种与谋杀案有关的阴云。她一点也不相信自己的父亲与此事有任何牵连，但她知道谣言是什么，尤其是在大学城。她期待破获案情的进展，这将使韦奇伍德教授在公众和当地流言蜚语者的心目中得以清白起来。关于沃普兰斯顿探长来访的传闻到处都是，她希望能够有效地使这些谣言噤声。"我想警察不会感谢你的，他们总是对自己很有信心，但我认为我们不需要为此烦恼。"

"警察根本没必要知道这件事，"帕特·弗莱姆利说，"除非我们愿意告诉他们。我想就政策而言，我们应该向他们提及我们的想法和怀疑，否则他们可能会错误地认为我们对此案感兴趣。"

杰弗里·克莱斯顿点点头说："那倒是真的。"

多莉·坎伯利也同意了。

帕特·弗莱姆利说："要想找到那天晚上，在谋杀案现场溜走的那个黑人，应该不会很困难。如果我们能查出那家伙的名字，我们就可以立即通知警察，或者我们自己去打听一下他的情况。我有一种预感，这两件事一定是联系在一起的，如果我们能把其中一件弄得很清楚，那么另外一件事也很快就会得到澄清了。"

另外两名成员完全同意帕特·弗莱姆利的意见，这项建议在鼓掌中获得通过。

"在此，"杰弗里·克莱斯顿举起他的空茶杯，装出一本正经的样子，带着几分愤世嫉俗的微笑说，"为剑桥业余侦探协会的健康干杯，尽管我们最好不要让人知道它的首字母！"

非洲田园

　　如果说韦奇伍德教授不喜欢非洲人的话，那么还是不够确切，因为他很快就得出一个结论——他更不喜欢他们的国家。从他在西海岸的老几内亚港爱德华维尔登陆的那天起，他就后悔自己接受大学的提议——资助他在非洲的旅行，为他提供实地现场研究的手段，以及对其人类学数据进行第一手研究的机会。

　　事实上，韦奇伍德教授对海岸的厌恶要追溯到他登船后，因为他发现，带他去考察的那艘崭新的电机远洋轮船上的同伴们没有与自己志趣相投的人，这些人和自己的学术品位格格不入。

　　如果说世界上有什么东西更能引起韦奇伍德教授的蔑视和厌恶的

话，那就是化装舞会了。他总是说，人类在正常的文明状态下，看上去已经够滑稽可笑了，用不着把自己打扮得奇形怪状，这些都是些虚假做作的东西。在剑桥和其他地方，有人暗示，在一批既不讲究衣着、也不讲究整洁的人中，如果所有的人都像韦奇伍德·坎伯利一样，他即使是穿着最差、最不整洁的人，那么关于他的争论也只能是除了外貌以外的其他方面了。

韦奇伍德教授对大学生早晨喝雪利酒，偶尔参加鸡尾酒会的时髦习惯也很反感，但在开往海岸的船上，有些人以早餐喝啤酒开始一天的生活，等到酒吧一开门又开始喝鸡尾酒、威士忌、苏打水、杜松子酒、苦味酒和各种烈酒的混合物，一直喝到晚上酒吧关门。他们带着一瓶威士忌回到船舱，给自己找的借口是，因为船舱没有喝的东西来解渴。

此外，韦奇伍德教授对打牌更是深恶痛绝。船上也有许多人，从吃过早饭，一直到晚上，都独占了休息室和吸烟室最好的几张桌子来打牌。从他在自己客舱不太厚的墙壁上偷听到的谈话来看，这些人打牌时激情四射，一直持续到他们睡着的那一刻。

韦奇伍德教授听说过博彩，但直到他登上这艘西非班轮，他才真正了解到博彩究竟意味着什么。在船上航行的二十四小时中，这一愚蠢的彩票组织就异常繁忙，无论是那些没有打桥牌的人，还是那些在甲板椅子上与异性同伴进行无聊愚蠢的交谈的人，都要在这个博彩机构里泡上整整一个上午的时间。

但是，韦奇伍德教授确实设法在船上找到了一位思想严肃的人，一位美国传教士。这位传教士显然发现在自己高度基督教化的国家，可以做的福音传道的工作太少了，所以他要去西非，在喧闹的野蛮人身上试试自己的"手艺"。但即使这样，还是有美中不足的地方：因为在第三天，韦奇伍德教授发现牧师塞普蒂默斯·约翰逊是一位来自俄亥俄州代顿市的宗教激进主义者，这个人对进化论的观点很难打动一位终身研究科学人类学的人。

韦奇伍德教授回顾了自己将近六十年的生活，发现很难回忆起，历史上曾经有那么连续十天，让他感到如此无聊、与周围环境格格不入的情景，甚至他觉得早点到达并不期待的非洲，反而可以得到某种解脱。可以说，他仿佛觉得自己已经被转移到了另一个世界。在这个世界里，即使他是最杰出的教授，在自己专业领域里做着精彩演讲，听众们也是带着厌烦，有的人或许出于礼貌假装倾听着，有的人甚至连礼貌都不想伪装。

以前，他经过剑桥大学时，会听到有些参观者带着一种无聊的神情问他们的导游："那个长相出众、脑袋漂亮的人是谁？"当参观者得知这是韦奇伍德教授时，他们的声音里流露出一种虔诚的敬畏之情。一天，在那艘非洲班轮上，他吃过午饭，正坐在吸烟室外的躺椅上，在读完一位德国科学家的专著《饮食与种族的关系》后，他想整理一下自己的思绪。忽然听到一个有点醉醺醺的商人问一位年轻的政府官员："那个丑陋的乞丐是谁？手里拿着旧袋子，留着海象胡子。"他还听到另一个人的回答，大意是说："这只不过是某个老顽固，要出去看看海岸上有多少种你在家里找不到的虫子和跳蚤——好像非洲的虫子和跳蚤还不够多似的！"

轮船靠岸后，韦奇伍德教授在总督的驻地住了几个晚上，来缓解旅途的劳累。总督毕业于牛津大学，在收到殖民地办事处的信函通知韦奇伍德教授要来之前，总督肯定已经听说过这位教授的大名了。但即使是他，对实验人类学家的工作也表现出了可悲的无知，他试图记住荷马和维吉尔的段落，但是其中每一行中有一半的词他都记不住，这使教授感到厌烦。韦奇伍德教授从来都不是一位古典学者，即使总督费了很大的劲，也难以通过主考人的"剑桥初试"。

在对于文明的自命不凡中，韦奇伍德教授稍稍恢复了在艰苦的航行中有些受挫的精神。但由于蚊帐下的空气又闷又热，加上花园里没完没了的蟋蟀叫声，他很难入睡。

韦奇伍德教授曾希望，或许在黑人的国土上遇到他们时，他对黑人的厌恶也许会减轻一些。他猜想，自己对黑人的厌恶可能是对他们在英国试图模仿白人而感到不满。但没过多久，他就得出结论：他讨厌的是黑皮肤本身。他对非洲人的厌恶，并没有因为与他接触的仆人和职员能听懂自己的话而减轻。即使他们会说洋泾浜英语，也就是沿海地区的通用语，但他们说话的口音和语调如此奇怪，没有翻译的帮助，教授几乎一个字也听不懂。

　　但是韦奇伍德教授不是一个浅尝辄止、轻言放弃的人。他计划在殖民地待三个月，他决定完成他的全部计划。那些了解这个国家的人告诉他，在沿海城镇的"半"文明的本地人中几乎找不到对他有价值的东西。总督安排教授到中部省去，在各地区专员的支持和保护下，他可以在那里研究语言、音乐和风俗等，他可以随心所欲地研究自己的课题，不受官方有关沿海生活规定的干扰。

　　"当你在那里的时候，"总督说，"你可能会遇到卡拉瓦和庞波利——就是那两个在剑桥不幸被谋杀的年轻人的父亲。他们都是酋长，如果地区专员的报告是正确的，他们之间关系并不友好。"

　　韦奇伍德教授带着厌恶的心情察看了一下小屋里睡觉的地方。小屋是年轻的地区专员伍德沃德分配给他的。伍德沃德在省政府驻地接待他的时候，省长正在省内某个遥远的地方巡回视察。事实证明，伍德沃德也是一个典型的牛津人，对教授的使命没有表现出特别的兴趣。伍德沃德的举止十分谦恭，但韦奇伍德教授觉得，这个人只是奉命为到省里来的贵客提供力所能及的服务，至于教授的研究对人类所带来的贡献，伍德沃德似乎并无兴趣。

"先生，我相信你将有很多工作要做，如果你想拥有自己的住处，想要保持安静和不受干扰——我已经为你准备好了招待所。就像这个国家里的任何人一样，我想你会很舒服的。"然后伍德沃德好像突然意识到自己说话对象的与众不同，又补充道，"这个上帝保佑的国家。"

到了傍晚，韦奇伍德教授才从加德满都火车站出来，经过一段又热又脏的路程才到达驻地。这段路程一半是步行，一半是躺在一个吊床上赶路的。吊床由四个当地"孩子"抬着。韦奇伍德教授感激地接受了地区专员的盛情款待。这位地区专员的平房是一座新建的混凝土混杂木结构的建筑，建在高高的水泥台上，光滑的地板、芦苇席和印度窗帘让韦奇伍德教授感到非常舒适，他甚至还享用了一顿大餐。

如果伍德沃德提到的招待所能与他自己的住处相媲美，教授就会觉得自己能够泰然自若地忍受在非洲的日子了。

"你所有的行李都在那儿了。我希望你的厨师和男仆——如果是老公爵推荐给你的话，会把一切都准备好，你就可以好好睡一觉了。"

韦奇伍德教授点点头。在和地区专员伍德沃德吃饭前，他没来得及换衣服，还穿着卡其布裤子和黑色羊驼大衣，这是他在旅途中穿的。他觉得地区员招待他喝的咖啡和利口酒与这样的装束有点不协调。但这种甜酒却让人感到很放松，以前他在饭前和饭中都拒绝喝任何其他种类的酒，然而今天当伍德沃德请他喝第二杯酒时，他没有拒绝。

招待所建在一座小而平顶的小山上，这座小山矗立在草地平原上。当他躺在阳台的躺椅上时，他可以看到月光下白色土地上有一片黑色区域，伍德沃德告诉他这是一个土著村庄。

在静谧的空气中，不时传来阵阵狂野的鼓声，韦奇伍德教授感到有一种毛骨悚然的感觉。土著战争——也许是一场大屠杀？这是为地区专员为他所在省份的白人做的准备吗？就在他沉思的时候，伍德沃德打破了沉默。

"这是一件有趣的事情，"伍德沃德说，"那个村子不在酋长布里玛·卡里夫的领地里。他是去年在剑桥被谋杀的那两个可怜人之一的父亲，我想是庞波利，但是他今晚就在那里。他说他明天早上想见我，还没告诉我是什么事。"

招待所原来只是一个泥屋，一个相当大的泥屋，有两个房间，中间有一段距离，还有一个宽阔的环行阳台，整个屋顶用一层厚厚的干草盖着。韦奇伍德教授显然很不自在。他不可能出尔反尔，派人去问一下地区专员伍德沃德，晚上是否可以睡在更安全的房子里。当他看到在招待所的一间灰泥墙的小房间里，有一张挂着帐幔的行军床，旁边放着一张露营椅和一个折叠脸盆时，他变得更加失望了。在韦奇伍德教授吃过晚饭从伍德沃德家回来之前，他的仆人们没有征得自己的同意就已经走了，唯一的同伴是伍德沃德派来当勤务兵的当地警察。

最后，韦奇伍德教授命令那人在外面的阳台上守夜，他脱下衣服，钻进被子，躺在那张狭窄的床上。当地人的鼓声仍在他耳边回响。节奏似乎更快了，那诡异的音符比以前更具威胁性。韦奇伍德教授想起了伍德沃德说过的话，晚上住在附近村子里的有那个被害年轻人的酋长父亲。他知道，在剑桥的谋杀案中，他受到了怀疑，这是非常可笑的。但是，如果布里玛·卡里夫发誓要向杀害他儿子的凶手报仇呢？

不速之客

　　那天晚上，韦奇伍德教授好不容易才进入梦乡，他无法把思绪从山下村庄里那些鼓声的威胁中移开。然而，他却不愿意给地区专员伍德沃德送去一张便条，以表明他对此事的怀疑，毕竟，他可能会出尽洋相。一个迄今为止一直和平的西非地区，会因为他碰巧访问而突然爆发叛乱吗？如果酋长的到来与他儿子在剑桥的悲剧有任何关系的话，这个可怜的父亲可能只是想从一个来自剑桥的白人那里打听一些信息。

　　韦奇伍德教授几乎是一夜未眠，很早就醒了。他开始希望自己根本没有参加这次探险。在他所研究的科学领域里，一个科学家并没有必要亲自去考察他所研究的那些种族的家乡。因为在剑桥和其他地方的博物馆里有大量的头骨和骨骼，他可以从中推断出他需要知道的一切；那里还非常完整地收藏了有关土著人使用的各种服装、用具和器具，这些在研究非洲人的种族特征方面都是最有价值的。他太愚蠢了，竟被人说服，违背了自己的意愿和信念来到这里。

然而他意识到，现在提出这些反对意见已经没有多大意义了。人已经在西非了，他必须在灌木丛中完成任务，在规定的三个月时间里好好生活。也许在他习惯了这种陌生的生活之后，会改变主意。

天快亮了，韦奇伍德教授看见灰蒙蒙的寒光从粗糙的木窗里透了进来，他的行军床就放在那间粉刷成白色的泥屋里。任何地方都没有生命活动的迹象，这让他感到不安。尽管经过这个令人烦躁的夜晚，他十分疲倦了，但他也无法酣然入睡。韦奇伍德教授拉起蚊帐的一边，费了好大的劲才把身体拖到地板上，下了床。仆人为防止他的袜子在粗糙的泥地上弄脏而铺开了一张帆布地毯，当韦奇伍德教授的脚触到帆布地毯时，他惊恐地发出了一声尖叫。他的脚碰到了一样又冷又湿的东西。一条蛇！韦奇伍德教授觉得自己太愚蠢了——在试图站起来之前竟然没有看清楚地面上有什么。他的心剧烈地跳动着，几乎不敢看。在微弱的光线下，他能看见一个矮胖的、畸形的东西，笨拙地跳着。那居然是一只青蛙。

令他沮丧的是，他发现自己的防蚊窗帘的皱褶被水打湿了——毫无疑问，是不断从窗户里飘进来的湿漉漉、寒冷的雾气造成的。他的睡衣也湿漉漉的，让人很不舒服，他开始想象自己因为风湿热而卧床不起的情景。至少是疟疾，因为他曾读到，在面对西非变幻莫测气候的欧洲人的血液中存在着疟疾病菌，没有什么比潮湿的环境更能诱使疟疾爆发。

韦奇伍德教授感到非常痛苦，并意识到左肩胛骨上有一个地方很痛，他开始想象这一现象出现的各种原因，当他的眼睛往床上看的时候，他才意识到是放在枕头下滑出来的那把自动手枪把他硌疼的，也正是因为这把枪才导致了警察到帕克台走访他。

当韦奇伍德教授沉浸在自己的烦恼中时，非常惊讶地发现非洲黎明破晓的速度是如此之快。他能听到环绕着招待所小院子的香蕉树丛中鸟儿的叽叽喳喳声。随着天越来越亮，薄雾开始消散，第一缕阳光照亮了窗外小矮林的边缘。

韦奇伍德教授看了看表，已经是六点钟了，可是没有仆人的影子。这使他很不高兴，因为他觉得有必要喝杯热茶，来驱走潮湿的夜晚在他骨头里产生的寒意。他自己会做一些茶。韦奇伍德教授环顾了一下卧室，那里没有什么东西可以帮助他实施自己的计划。从伍德沃德前天晚上告诉他的情况，他知道厨房是一间离主楼有一段距离的小土屋，没有炉灶和炉子。当地的厨师和仆人们表演了这样的技艺：烹饪食物和加热洗澡水的时候，他们把几根燃烧的棍子摆成一个星星的形状，它们的光点朝向中心，并在火种被消耗时，将棍子时不时地往里推。他开始希望他早期的课程中能有一些实用的东西——关于人类头盖骨及其所包含的大脑的知识，以及关于人类吃什么、如何吃和如何烹调的研究，都是非常有益的。韦奇伍德教授此时此刻愿意把他所积累的全部知识用来换一杯热茶，要是他知道怎么泡就好了。

教授走出房间，走到阳台上。阳台正对着山冈的山脊，山冈正对着村庄，昨天晚上村庄的鼓声就是从那里传来的。有那么一会儿，他被一个似乎用棕色毯子裹着的不明怪物吓了一跳，这个怪物躺在门口的两张土坯垫子上。更使他吃惊的是，那个怪物开始移动，到他跟前时，他才发现原来是守卫自己的勤务兵。当勤务兵意识到教授正站在自己面前时，他敏捷地展开身子，抖掉毯子，戴上毡帽和腰带，站起来，睡眼蒙眬地行了个礼。

韦奇伍德教授有个好主意，由于仆人们还没有露面，他只好使用勤务兵。伍德沃德对他的下属赞不绝口，这个勤务兵似乎能做灌木丛中任何被需要的工作，从给主人剪头发到调制鸡尾酒。

"早上好，我的朋友。"韦奇伍德教授试图在他的语气里注入一点尊严，但他觉得他的努力不太成功。他在剑桥大学三一学院大厅给一大群本科生讲课时，习惯了裹着一件学术袍，但现在穿着特里毛巾布做的晨衣，脚穿橡胶靴子，他觉得自己的威严大大降低了。

"早上好，先生。"勤务兵有点局促不安地说，他从韦奇伍德教授说话的腔调中猜出，即使自己大着胆子继续跟教授谈话，也不大可能听懂教授的话。

"仆人们还没有来。你能给我泡杯茶吗？"

勤务兵搔了搔头，没有回答。他不愿承认自己没有理解这项指令。

韦奇伍德教授很后悔，他没有记住厨师把他的装备放在什么地方了。如果他能指着一个水壶和一个茶壶，他就根本没有必要说话了。

尽管如此，韦奇伍德教授还是觉得必须尝试一下。他渴望喝杯热茶，恢复一下精神。他比以往任何时候都更希望自己从来没有被说服离开自己在帕克台的舒适住所，在那里，能干的女儿把他照料得那么周到。

"我渴了，"他直奔主题，"我想喝点东西。"

勤务兵的脸上露出了喜色。他现在似乎明白了韦奇伍德教授想要的是什么。他整了整帽子，重新系了系腰带，又行了个礼，比刚才潇洒多了，然后走进招待所的第二间屋子，也就是地方长官所说的客厅。尽管韦奇伍德教授当时在心里暗暗表示，他宁可一劳永逸地死去，也不愿住在这样一间公寓里。

当勤务兵不在的时候，韦奇伍德教授坐在泥泞阳台的帆布椅上，向外望去，目光一直延伸到政府驻地所在的陡峭山坡上。据他所知，坐落在山脚下的村子住着布里玛·卡里夫酋长，是已故大学生庞波利的父亲。在他去拜访地区专员伍德沃德之前，就在那里住了一晚。

韦奇伍德教授觉得担心这件事是愚蠢的，但他不禁回想起伍德沃德前一天晚上的话，想知道酋长的来访是否与他本人在曼都的存在有关，是否是因为自己与他不幸的儿子神秘死亡时所在的城镇有联系。韦奇伍德教授意识到，沉迷于这样的猜测是愚蠢的，即使它们碰巧是真的，自己也没什么好害怕的。对于这个年轻人的死，他没有任何责任，自己甚至不是一名学监。韦奇伍德教授不明白，即使他是学监，也不可能被判与可怕的罪行有关。确实，当时流传着一些愚蠢的谣言，说他有一支自动手枪，和杀死科珀斯的庞波利的手枪是同一种。也可以想象，通过与居住在英格兰的其他西非人的通信，酋长听到了关于这一事件的一些情况。但是，因为这个孤立的小事实——当地媒体甚至还没有了解到的细节，布里玛·卡里夫酋长特地从一百多英里外的村庄来了一次加德满都。不管是想再多听听他儿子的死况，还是想把责任推到他身上，这都是牵强附会的联想。

当这些想法在心里再一次翻腾起来的时候，韦奇伍德教授开始怀疑自己是不是有点精神错乱了。他越想这件事，就越觉得他的恐惧是可笑的。韦奇伍德教授能听到勤务兵在他身后的房间里摸索着。想起伍德沃德夸赞过自己勤务兵的智慧和能力，教授决定不去打扰他，因为可能只会耽误勤务兵准备那杯自己渴望已久的茶。

韦奇伍德教授经常听说有关非洲，特别是有关西非神秘环境的故事，以及它对到访的欧洲人心灵产生的奇妙影响。他开始相信这确实不是无稽之谈。周围的陌生环境，与他之前所见过或想到的任何东西都不一样，再加上第一天晚上是在招待所的露营床上度过的，焦躁不安是很自然的。因为在自己家里，露营床被认为是非常低级的东西，这使他神经紧张，引起了一种轻微的精神上的歇斯底里。这将成为一个有趣的主题，与他的专业研究分支有关：野蛮环境对文明雅利安人思想的影响。这种影响如何从思想转化为行动，以及文明如何被野蛮重新吞噬。

当太阳升到更高的天空时，上千只陌生鸟儿的叽叽喳喳声和歌声从四面八方传到韦奇伍德教授的耳朵里，他开始忘记自己的忧虑和阴暗的思想，开始对展现在他面前的这片土地的野性美感到惊奇。

在韦奇伍德教授面前几英里的地方，似乎有一大片起伏不定的平原，不时被突然升起的一座奇特有趣的方形小山丘打断，小山丘的两侧覆盖着大量的深绿色植被。他看不到任何欧洲意义上的城镇或村庄，但在树林和灌木丛中，可以看到蓝色的烟——燃烧木头的烟袅袅上升到静止的空气中，标志着这是人类居住的地方。这就解释了为什么那些村庄是不可见的。教授猜想，这些村庄是由低矮的泥茅屋组成的，屋顶是茅草做的，就像他自己住的这间招待所，从远处看，与展现在他面前的广阔景色的自然色彩完美地融合在一起。

勤务兵从他身后的房间里出现，打断了他的思绪。勤务兵手里拿着一个金属托盘，托盘上放着一块有点脏的抹布，用来做一个小垫子，还有一个闪闪发光的瓶子、一个大玻璃杯和一整瓶刚刚拔出软木塞的威士忌。

韦奇伍德教授还没来得及开口，勤务兵就用空闲的手向他敬礼，把托盘放在教授椅子旁边的柳条桌上，将威士忌瓶倾斜，与玻璃杯成一定角度，请教授指示什么时候打开。韦奇伍德教授一时惊讶得说不出话来，还没来得及开口，就听到了靴子的脚步声从院子后面通往招待所前面的砾石小路上传来。

不一会儿，年轻的地区专员伍德沃德就出现了。他看上去精神抖擞，神采飞扬。他穿着一件干净的军装式衬衫，系着一条深红色的丝质领带，那是殖民地特有的颜色，下面穿着一条卡其色短裤，还有一尘不染的灰色长袜。他手里拿着头盔，因为太阳还没有高到晒人的程度。

"早上好，先生。"韦奇伍德教授感觉，当时自己就像一个小孩从一个被禁止打开的柜子里偷果酱时被发现一样。他记得头天晚上和伍德沃德共进晚餐时，他说过几句警世语句，说烈酒对那些在非洲养成了酗酒习惯的人是有害的。可他却在这里，在早餐前喝威士忌加苏打水时，被伍德沃德逮了个正着！

韦奇伍德教授一时太吃惊了，说不出一句连贯的话来。他粗暴地把那好心的勤务兵的手伸到大玻璃杯上，这可以从许多方面来解释。

"早上好，先生。"伍德沃德就说了这么多，不过教授也知道，由于那勤务兵的愚蠢，他的处境已变得十分不利，他似乎从对方的眼睛里看出了怀疑的微笑。他尽可能有礼貌地回答了这位早来的客人，并立即开始为这件事辩解。

伍德沃德开怀大笑。"这是一个奇怪的国家，先生。"他说着，在走廊的椅子上坐了下来，想让这位尊贵的客人放松一下，"如果你知道这个人几年前是谁的勤务兵，你就不会感到惊讶了。你说的话，他能听懂的只有'喝'和'渴'。他以前的主人在爱德华维尔疗养院死于饮酒过度。现在，也许你会更好地理解这件事了。"

所以这件事就一笑而过了。"但有件事我必须告诉你，"伍德沃德相当紧张地抽着香烟，他的语气变得更严肃了，"我知道你在这个地方待的时间不多，你有很多事情要做。"他瞥了一眼招待所走廊远处角落里堆放着的一堆堆包装箱。"我相信你会尽可能仔细地研究当地人，测量、记录他们的歌声和语言，诸如此类的工作。"

韦奇伍德教授点了点头。头天晚上，他把自己希望完成的事情告诉了伍德沃德。"如果你想做这些事，我当然可以帮助你。总督让我尽我所能为你的工作带来便利。但是，这就是重点：表面上，这里重要的人是政府官员，就像我。所以我们达成一个一致的观点——我们必须确保法律得到遵守。但实际上，归根结底，真正统治这个国家的人，仍然是酋长们和他们自己的当地顾问。当然还有一个保护国，由殖民政府管理。但毕竟这只是笼统的原则。"

韦奇伍德教授有些困惑，他不太明白伍德沃德想表达的意思。在同他的这个年轻朋友兼顾问商量此事时，他觉得以目前的装束自己正处于不利地位。他拖延了一会儿，才做出回应。"请原谅，"他说着从椅子上站起来，拉了拉身上的睡衣，"我听到仆人们的说话声了。我想穿得得体些，待会找个更合适的时机再继续我们的谈话。"

地区专员伍德沃德没有从他的座位上站起来。他继续抽着烟，带着一种若有所思的神情望着前方。韦奇伍德教授被激怒了，谁以前听说过这个年轻人？他只比自己在剑桥教的本科生大四五岁，对伍德沃德这个年轻人来说，教授已经成了一种神话和传统。不过，韦奇伍德教授考虑了一下，在说出可能引起别人不快的话之前，决定保留自己的意见。

在剑桥大学，韦奇伍德教授是一个权威人物，他的名字为世界各地的学者和专家所熟知。但这在非洲并没有什么影响。地区专员是最重要的人，由政府任命的，有权管理土地和人民，地区专员的意见必须要得到尊重和采纳。当然，整个殖民地的总督，在殖民地办事处的要求下，已经答应向他提供力所能及的一切帮助。但是，即使作为客人，在首都礼宾府待了很短的时间内，他也已经预见到，他的使命并不被视为最重要的任务，而他的研究课题，那些鸿篇巨制，对于那些专注于政治事务的实干家来说，往往是乏味的。

伍德沃德终于站了起来。"当然，先生，我不想妨碍你。我只是想告诉你，如果你想充分利用你到这个地区来的机会，你最好和这个地区最有权势的首领搞好关系。他就是布里玛·卡里夫，当你一切准备妥当的时候，他就会来见你。"

布里玛·卡里夫！科珀斯学院庞波利的父亲！教授感到脊背一阵发冷，但这只是暂时的。这位非洲酋长希望被介绍给一位来研究他的国家和人民的人，在这个朴素的愿望中，读到任何邪恶的东西都是荒谬的。伍德沃德向走廊的大门走去。

"很抱歉这么早打扰你，"一位家仆开始趾高气扬地打扫尘土，从走廊的一头扫到另一头，"只要你多了解他们一点，我想你会发现这些人，还有勤务兵都很好。"伍德沃德站在门外低矮的台阶上，转身好像要回自己的家。他说得很慢，好像打算在脑子里进一步构想出什么东西，但他还没有找到合适的词语。教授等待着，他的恐惧又回来了。

"是的，是的，伍德沃德，我相信我会的。我现在换件衣服，把我的东西整理一下。我没有时间可以浪费了。"

伍德沃德又转过身来，在韦奇伍德教授讲话的间歇，让他有时间把这件事考虑清楚。

"我去请布里玛·卡里夫酋长九点半到'巴里'（本地法院）去。你见到他的时候，我最好在场。从今天早上他的信使来安排这次会面时对我说的一些话来看，我想布里玛·卡里夫酋长不会很乐意帮助你的，除非他想问的一些问题得到了回答。"伍德沃德对韦奇伍德教授道了声早上好，转身轻快地朝他自己的平房走去。

意外转折

对于一位像韦奇伍德·坎伯利教授一样热衷于研究的人类学家来说，一个小时后在曼都地区专员法庭上发生的这一幕本应引起他极大的兴趣。这位博学的教授从来没有见过他研究的所有要素都集中在一个屋檐下。这个庭院是一个开放式的泥巴茅草屋，形状像一个普通的英国干草堆。它大约三十英尺长，二十英尺宽，但是泥地上的每一块地方都被地区专员粗糙的木制桌椅和他尊贵的客人占据着，那里挤满了穿着各种服饰或半裸的非洲人，他们像沙丁鱼一样紧紧地挤在一起。

集会的很大一部分人都蹲在地上或蹲在低矮的泥墙上，这些泥墙形成了庭院的两侧。那些等级尊贵的人则相对舒服一些，坐在破旧的帆布躺椅上，或者懒洋洋地坐在形状怪异的本地制造的装置上。这个装置形状像叉骨，一块短木块作三角形的底座，另一块木块以一个角度向后伸出来支撑它。

当地区专员伍德沃德进来时，他的客人韦奇伍德教授就跟在后面，几个警察用手杖在人群中间开辟了一条小路，这样他们才能从一大群围观的当地人中走进来。在警察声嘶力竭的大声喊叫声中，这一大帮集会的人才站起身来，一直站着，直到伍德沃德和韦奇伍德教授在桌旁坐下。

前排中间坐着一个身材魁梧、令人生畏的男人，他蓄着短黑胡子，头上戴着一顶绣得很精致的帽子，帽子是用染色鲜艳的本地编织料子做成的，三角形的帽檐垂在前额上。他的耳朵上戴着巨大的金耳环，肥胖的身体被一件厚重的红丝绒长袍包裹着，上面装饰着失去光泽的金花边和纽扣。他的脖子上挂着一条银项链，上面还挂着一个金属的小护身符吊坠。在他的右手中，拿着一根镶有皇家纹章的铜顶竹手杖，向全世界宣布他是被政府认可的至高无上的领袖。

韦奇伍德教授立刻意识到这一定是布里玛·卡里夫酋长，庞波利的父亲。当看到那人阴险丑陋的脸时，教授明显感到不自在。透过他那双黑黑的眼睛，教授仿佛看到他沉浸在各种邪恶、淫秽和野蛮之中的残忍心灵。教授不寒而栗地再次回忆起，有传言说这个人怀疑自己可能参与了谋杀他儿子的刑事案件。对韦奇伍德教授来说，驳斥这个荒谬的、不可想象的想法是完全正确的。但作为人类学家，他对当地人的思维方式有所了解。非洲人的逻辑不一定和欧洲人的逻辑相同，后者习惯于在做出决定之前仔细筛选证据。过去几天里，他在与了解这个国家的人交谈时，经常听到一些谣言，这些谣言经过大范围的流传，三人成虎地成为事实。有传言说，韦奇伍德教授被怀疑对科珀斯学生的死亡有所了解。现在庞波利的父亲就在他面前，正如伍德沃德所说，这位父亲准备向教授询问一些关于他儿子之死的问题。假设他的回答不能令人信服，假设他声称自己对这起悲剧事件一无所知，酋长不会相信他。韦奇伍德教授的思绪又回到了他度过的那个不安的夜晚，听着远处平原上的村庄里传来的可怕鼓声。对他来说，这难道不是一个不祥的征兆吗？为了试图减轻教授的恐惧，伍德沃德告诉他，当一位酋长到另一位酋长的领地访问时，击鼓和度过一个喧闹的夜晚是一种普通的当地习俗，这是很正常的。可他怎么知道这是真的呢？为什么这位酋长——被谋杀者的父亲——从他自己的城镇远道而来，只是为了看望他，听一个在遥远的白人国家遇见过自己儿子的白人说几句话？除非他的行为中有更深刻、更邪恶的含义。

　　韦奇伍德教授在地区专员和酋长正式问候时，试图把不安的思绪从脑子里移开。"跟酋长问一声好——多说几次。"一位身着飘逸的蓝色长袍、头戴正统的红色伊斯兰毡帽的法庭翻译，用一种陌生的语言滔滔不绝地说出了一大堆话。酋长和他的追随者们把目光集中在地区专员伍德沃德身上。"也告诉酋长，那个从英国来的大个子韦奇伍德教授，那个对所有人都了解得很多的人，也向他问好。"

众人的目光不约而同地转了过来，韦奇伍德教授有一种不可思议的感觉，他内心的秘密被人读得清清楚楚，就像它们印在书页上一样。更令人不安的是，他似乎感觉到，这种强加在他身上的解读显然对他不利。他比以往任何时候都感到自己是在接受审判，被指控参与杀害来加德满都拜访地区专员的酋长的儿子。他开始意识到，即使他能够使这些人相信，认为他与庞波利之死有关的猜想是荒谬的，但按照当地的逻辑，在白人居住的城镇里，教授被认为拥有巨大的权力和权威。他记得总督在晚饭后给他讲过一些关于非洲人和他们习俗的故事，特别是在这个国家的某些地方，人们通常认为村长和在村内杀害陌生人的实际凶手是同样有罪的，要负连带责任。在政府引入欧洲的正确观念之前，对村长的惩罚也同样严厉，当地权威人士的建议是把村长的眼睛弄瞎或者打成残疾。

韦奇伍德教授的脸色明显变得苍白起来，他试图用微笑回应布里玛·卡里夫酋长和其追随者对他的欢迎。然后，随着地区专员与酋长以及酋长的长辈们互相客套一番之后，他的心情开始平静下来。怀有如此荒唐的想法是荒谬的。他正在证明，一个文明的人，一个高度文明的人也能够在他的大脑中产生出比未受教育的野蛮人更荒谬的幻想——他应该为自己感到羞耻。在一个陌生的环境里整夜未眠，让他的神经受到了严重的伤害。他第一次看到一大群非洲人聚集在一起，并且他们脸上的表情都很陌生，这使他一时慌乱不安。他必须振作起来。

　　地区专员伍德沃德开始发言，但是并没有进一步提及这位贵宾。毕竟，政府急切地想知道的是一些事关当地人生活的事情：棕榈谷粒的收成如何；在饥饿季节时是否有足够的大米供应，酋长是否希望政府从印度订购一些供应品，以应对可能出现的短缺。

　　布里玛·卡里夫酋长通过翻译，在回答关于这些林林总总的问题时，似乎完全忘记了教授的存在。韦奇伍德教授发现又可以回到自己的研究主题上了，利用他现在所拥有的独特机会，研究那些黑人的脑组织和其他方面的发展情况。黑人挤满了这个房间，房间外面的其他黑人紧紧地贴在墙壁上。他几乎没有听到伍德沃德所提出的那些常规问题，也没有听到酋长在向译员转达这些问题的意思后，所做的冗长回答，更没有听到译员随后将这些问题译成英语。

　　然后，一种奇怪的熟悉感觉突然出现在他的脑海里。出于某种原因，他在脑海中以惊人的记忆力，生动形象地呈现了一幅由特朗平顿街进入剑桥时的清晰画面——一边是莱伊学校校园的树影，另一边是布鲁克赛德的树影。这本来没有什么奇怪的,他在剑桥生活了大半辈子,这条路他一定走了上千次了。但他今天早上在非洲的这个庭院里,看到这一幕时,他想到的是一个冬天,而且是在一个夜晚,高大的树木已经光秃秃了,路灯在稀疏的树荫下微弱地闪烁着。他可以看到一两个人影朝国王阅兵场方向匆匆走去。其中两个人,一个跟在另一个人后面,消失在远处。但还有第三个人——比仍在视线中的另外两个要矮一些,就在通往贝特曼街的右侧入口对面。第三个人似乎走得更慢一些,几乎像是在等待什么事情发生。

地区专员和酋长之间关于日常行政管理的谈话还在继续着,他们似乎对教授失去了兴趣。韦奇伍德教授独自陷入思考。他感到困惑、担心,甚至是害怕。大脑有时会玩一些奇怪的把戏,但他不明白今天早上在非洲茅草屋的情景和一个冬夜剑桥的布鲁克赛德有什么联系。他又开始思考了。奥古·卡拉瓦被杀的那天晚上,他本人也在沿着布鲁克赛德行走,就在同一天晚上,庞波利在科珀斯被杀死。自从知道今天早上要见布里玛·卡里夫酋长之后,谋杀案那天晚上的记忆就一直萦绕在他的脑海里。但是,当他以为自己已经暂时忘记那天情境的时候,那悲惨时刻的一幕竟以一种异乎寻常的方式突然在他的脑海中浮现出来,这使他产生了一种奇怪的感觉——肯定是发生了什么事,使那情景再次出现在他的脑海里。

韦奇伍德教授又一次扫视着面前的人山人海，试图找出脑海中浮现奇怪景象的根源。那天晚上发生的事情在他的脑海里比以往任何时候都更加清晰地勾勒出来了：虽然那天他已经很累了，但他仍决定和霍塞尔教授共度一个愉快的晚上。霍塞尔教授家位于特朗平顿街，他本来打算在那儿待不超过两个小时的，可是当一场激动人心的新讨论开始时，他无奈地发现已经是十一点半了。明天他又得进行一轮严肃认真的讲课。

韦奇伍德教授至今还记得，当他的女儿无意中发现他正在清洗那把没有执照的左轮手枪时，脸上震惊的表情。当报纸上披露，谋杀者是用相同类型的武器谋杀的，事情变得复杂了。但是，韦奇伍德教授已经在自己的脑海里把所有这些场景都想过了一百遍，在脑子里突然出现的景象与今天上午发生的事件之间，他仍然无法找到二者有什么联系。

来访的酋长和地区专员伍德沃德之间还在进行礼节性的交谈，两位政要的交流已经达到了一个新阶段。在这个阶段，按照当地习俗，要为当地主人伍德沃德赠送礼物。布里玛·卡里夫酋长的总管——一位穿着华丽程度仅次于酋长的白胡子本地人，这时发出了指令，接着穿着一件肮脏的白色棉质衬衫的小男孩穿过院子后面的人群，双手拿着贡品——那是些不幸的瘦骨嶙峋的家禽，它们的腿被绑在一起，头朝下举着。当这些礼物被妥当地放在伍德沃德的脚下时，另外两个穿着破破烂烂的仆从出现了。其中一个用绳子牵着一只不愿意朝前迈步的羊；另一个提着一个篮子，里面装着大约一百个鸡蛋。这是酋长为了在他的欧洲霸主面前维持自己的崇高地位，从自己村子里的居民那里勒索来的。

韦奇伍德教授的目光，又一次向面前黑压压的人群面孔扫视了一圈。现在，没有一个人对他表现出丝毫的兴趣。在这一天的活动中，他是一个次要的人物，他可以从容地打量每一个人。然而，作为一名人类学家，他对国内的博物馆的藏品很有研究，他早就熟悉了他在活人身上看到的大多数头骨的特征。但是促使他进行研究的，不仅仅是科学上的好奇心。在他的脑海里，在剑桥谋杀案发生的那个晚上，布鲁克赛德的情景是如此生动地浮现在他的脑海里，他确信这一情景是由他在刚才几分钟的目光中所看到的什么东西引起的。但是到目前为止，他一直无法追踪到任何有关的东西。人群中，偶尔会有一两个人盯着韦奇伍德教授教授的眼睛——带着茫然不解的、好奇的目光盯着他。这里有老年人、年轻人、男孩、女孩，还有几个戴着野蛮原生态图案的金银手镯和项链的成年妇女——无疑是酋长和他长辈们的妻子们，还有一两个年纪很大的妇女。一般来说，当一名男子、妇女或儿童意识到自己被尊贵的来访者审视时，他们会害羞地转过身来，再把目光转移到酋长和地区专员伍德沃德之间正在进行的官方活动上。但也有例外，其中有一个特别例外。

当韦奇伍德教授的目光扫过人群的面孔时，他意识到，那天早上，人群中至少有一个人没有因为他的注视而感到过分尴尬，这个人大胆地回应了教授对他的关注。教授决定要彻彻底底地审视这个人。

那是一个年轻人，坐在第三排，就在酋长的随从后面。最后，他意识到自己已经引起了韦奇伍德教授的注意，便转过身去，把目光集中在地区专员和他的翻译身上。他的翻译还在不停地翻译英语和当地方言，布里玛·卡里夫和伍德沃德之间还在进行着官方的致意和询问。韦奇伍德教授突然惊讶地发现，这个人的脸很眼熟。现在他有机会从侧面观察他，教授的印象更强烈了，几乎是肯定无疑的。在他面前的大多数黑人，虽然大体上还算讨人喜欢，但他们的鼻子又宽又丑，脸上都有脏兮兮的斑点，他们的牙齿由于咀嚼烟草和可乐果而变色，即使在欧洲也是经常见到黑人露出这种糟糕的牙齿。

在这个勇敢的年轻人身上，上面这些缺点都不明显，他到目前为止一直如此勇敢地回应着教授的凝视。他的鼻子瘦削似鹰钩，牙齿洁白，面露微笑时，牙齿闪闪发光。虽然他穿着本地人的衣服，但他的外表一点也不夸张或粗野。韦奇伍德教授对这样一个事实印象深刻：当地区专员说了一些笑话或幽默的话时，他在口译员进行翻译之前就露出微笑或大笑。很明显，他对英语非常在行。他的举止和相貌与他的同胞们大不相同，因此教授认为他一定是其他部落或种族的人，而不是聚集在"巴里"的大多数人。

教授的人类学知识告诉他，在他进一步注意到那个人头骨的形状之后，自己的猜测是正确的。他开始感到不舒服。非洲人就是非洲人，从他在大学城看到的非洲人种族来看，他并没有被他们深深吸引。但礼节就是礼节，在官方聚会上研究一个非洲人似乎很不礼貌，就好像对方是动物园笼子里的一只猩猩或一只猴子一样。

按照非洲的习俗和礼仪，同样的事情被一遍又一遍地说着，韦奇伍德教授对整个会面的冗长感到厌烦。他垂下眼睛，用手捂住脸，仿佛那洒满小院子的阳光使他的眼睛感到难以忍受。这是他给自己时间思考的借口，他试图将清醒时看到的景象和早晨发生的事情之间建立某种联系。

或许他以前见过这个年轻人？剑桥到处都是非洲学生，在韦奇伍德教授看来，如果他们留在自己的国家，学习适合他们农业和半文明民族身份的课程会更好。他回想起来，他们中有许多人听过他的讲座。但是，除了自己学院的那些学生之外，他认识的人很少，甚至连名字都不认识。他对他们的存在从来都怀有敌意。

但似乎又有某种可能的联系。也许那个对他表现出如此兴趣的年轻人曾经是剑桥大学的学生。如果自己在大学里看到他，可能会下意识地注意到他的容貌。现在，在最意想不到的时候，又看见他的面孔出现在自己面前，这可能会突然使他回想起在那里发生过的熟悉的场面和事件。但是，为什么会让他想起一个特定的场景和事件呢？

这是有原因的。今天早晨要求和他见面的酋长，是一个在秋季学期被杀害的剑桥大学生的父亲。潜意识里，他一直在思考自己经历的与其中一人的死亡有关的事件。也许，这本身就足以解释为什么他的思绪又回到布鲁克赛德街和特朗平顿街了。而此时，他坐在一个闷热的非洲矮树丛中的小院子里，思绪已经被带到三千多英里远的地方。

不管韦奇伍德教授怎么思考，也想不出一个使他完全满意的解释来，于是他决定暂时放弃这种努力。如果他让自己的脑子休息一下，也许今天晚些时候他会想到一个合理的解释。他把手从眼睛上拿开，坐直了。当韦奇伍德教授这样做的时候，他意识到在院子的人群里有一阵骚动。在酋长后面的第三排的人正在移动——为一个想要离开"巴里"的人让路。当教授发现引起这突如其来的骚动的人，就是刚才他所关注的那个年轻人时，他的兴趣被激发起来。

年轻人挣扎着从周围的人潮中挣脱出来。最后，他终于设法到达了"巴里"的矮墙。一个站在外面的当地警察把人群推开，让他离开。"警察！这地方太热了。让那些人退后。把它打开，让风吹进来！"

地区专员本人比教授更习惯大学城的气氛，他也不喜欢从事这种无聊的会面接待工作，因此他已经开始感到疲倦，也感到缺少新鲜空气了。又有两三名当地警察不知从哪里冒出来，大喊大叫，挥舞着手杖，迫使人群后退，清理出了一条通道，这样，微风可以吹过拥挤的人群——因为太阳已经升得很高，大家更需要的是微风带来的凉爽。

那个年轻人翻过了矮墙，沿着人们所腾出的通道大步向前走去。当他走到阳光下的时候，他的步态有些熟悉——这么年轻的人，走起路来却有点弯腰曲背。韦奇伍德教授又想起了在布鲁克赛德的那个晚上。他又一次清楚地看到眼前的情景——那个躲在树林和昏暗的灯光下的第三个人，一直远远地跟在卡拉瓦后面，最后停在贝特曼街通到大路上的位置。

韦奇伍德教授很想如释重负地喊叫一声，但他费了好大劲克制住了这种想法。紧张压抑的气氛结束了，在一瞬间，他明白了之前脑海里为什么会浮现那些景象。

在那一刻，他真想发誓说：刚才离开巴里的那个人，就是那天晚上他看见的，那个沿着布鲁克赛德跟在两个大学生后面的人。

业余侦探

"对不起，杰弗里还没来！"

多莉·坎伯利的话让帕特·弗莱姆利有点嫉妒。即使在假期里，帕特·弗莱姆利对教授女儿的爱慕也丝毫没有减弱，他不想与任何人分享她，他的朋友杰弗里·克莱斯顿也不例外。

"我是说他是'剑桥业余侦探协会'的一员。你知道，我们应该一起开展工作。"

帕特·弗莱姆利终于心平气和了，他承认在这个新成立的社团里，杰弗里·克莱斯顿有权参加自己想要参加的任何一项活动。

"我想几天后他就会回来了。不管怎么说，还有十几天才开学，我想他也不急于回来——他跟着布罗德号去航海了。"

姑娘手里拿着一封装在外国信封里的鼓鼓的信件，帕特·弗莱姆利看得出信封上有老几内亚的邮票。

今天早上多莉看起来比平时更漂亮，她的举止很活泼，但似乎又多了一种比平时更充沛的活力。帕特·弗莱姆利很高兴，他借口要准备夏季学期的期末考试，需要一周的刻苦学习，所以提前来到了学校。学期结束时，多莉有那么多的崇拜者，有和她单独相处的机会并不容易。他觉得时机已经很成熟了，有必要和她进行一次非常私人的谈话。

三一街咖啡馆的小房间温暖舒适，两人坐在电火炉旁，一边喝着早茶，一边抽着烟。因为是四月的早晨，尽管外面阳光明媚，但依然有些春寒料峭。从多莉的神态上看，他确信她有什么重要的事情要告诉他，而她手里那封来自非洲的大信封更是坚定了他的怀疑。

"你还记得我们上学期最后一次见面的时候吗？我们决定必须帮助警察追踪那个黑人，就是警察和另外两个人在卡拉瓦的尸体被发现后的那个晚上，在布鲁克赛德看到的那个黑人。"

帕特·弗莱姆利有点内疚地点点头。这是他们达成共识的一部分，他们每个人都要尽力追踪那个人，并把他们得到的任何情报按他们认为有效的方式交给当局。

"那么，你都做了些什么呢？"多莉的语气带有挑战的意味。

"恐怕，"帕特·弗莱姆利说，"我确实没做多少事。"

"最好承认，你把这事忘得一干二净了。"

帕特·弗莱姆利没有再做辩解。他承认了自己的失职。他对该协会的第三位成员提出质疑，以掩饰自己的玩忽职守。"我敢打赌杰弗里也没有做任何事。"

"我看不出，"多莉不屑一顾地说，"这么说对你有什么好处？"

"那你做了什么？"这时候帕特·弗莱姆利的语气和言外之意，已经和刚才频频献殷勤的态度大相径庭。

"我不知道我自己做了多少，但是如果没有你们俩所承诺的帮助，我都不知道应该怎么做，"多莉强调了这个动词，"但我已经掌握了一些可能对我们有帮助的资料。"

帕特·弗莱姆利的语气中表现出的兴趣，更多的是因为他在聚精会神地关注着说话的人，而不是在听她说的内容。事实上，他对剑桥谋杀案的这个话题有点厌倦了。这些问题已经被反复讨论了一个半学期了，假期里他并没有做太多努力去调查它。他不是警察，帕特·弗莱姆利觉得，这种事还是交给专业的机构处理比较好。但是，因为他知道多莉坚定的态度，所以不敢说出自己的真实想法。但他是不会轻易放弃的。

"你是说你真的自己做了什么事，还是说你只是碰巧从别人那里得到了什么东西？"帕特·弗莱姆利指了指女孩手里的信。多莉·坎伯利对这番推测一笑置之。

"我从我爸爸那里得到了一些消息，我给他写了好几封信，告诉他报纸上关于这件事的报道，并问他是否能在那些非洲国家收集到什么东西，我想我可以说做得比其他两个成员更多。"

帕特·弗莱姆利对凶杀案日益消散的兴趣又开始恢复了。多莉不是那种一惊一乍的姑娘，她今天早上的行为举止表明，她真的有什么重要的事要告诉他。多莉把香烟放在咖啡杯的茶碟里，从拿着的信封里，抽出几张写得密密麻麻的信纸。

"我真的不知道该怎么做，"多莉继续说，"不过，爸爸确实有一些非常有趣的经历，它们可能和你们俩上学期答应帮我的那件事有关。"她停了下来，看看她的话会对她的同伴产生什么影响。帕特·弗莱姆利已经承认自己懒惰，也似乎毫无悔意，不打算再拐弯抹角了。

咖啡馆里没有别人，多莉把信纸摊在面前的桌子上，开始念信中的几段话。她的父亲讲述了自己来到了加德满都，并在巴里的一个官方集会上被地区专员介绍给庞波利的父亲的场景。

"地区专员和布里玛·卡里夫酋长谈完他们的事情之后，"教授的信继续写道，"我通过翻译亲自和酋长谈了几句话。这家伙似乎太急于从和他不幸被谋杀的儿子住在同一个城镇的人那里得到一些消息。在我和他谈话的过程中，我想到更多的是当天我看到的那个离开集会的年轻黑人。我很确定，是某个人的脸让我想起了那个冬天夜晚在布鲁克赛德附近看到的情景。当我看到那个年轻人的背影，当他站起来离开集会时，我知道是谁的脸突然把我的思绪拉回到了几个月前，在远隔万里的地方发生的凶案情境。因为我不仅意识到那家伙的脸对我来说很熟悉，而且当他转身离开时，我又意识到：他和我看到的，在案发晚上，跟在另外两个人后面，并经过贝特曼街尽头的那个人身材差不多，他走路也有同样的小毛病——有点向右倾斜，好像右脚有点跛。那天我想方设法让酋长相信，我对他儿子或卡拉瓦所发生的事情一点责任也没有，我与大学的治安和纪律毫无关系，这是监管层的事，即使是他们也几乎不能为当晚发生的事情承担责任。首先，他们对自己学院里没有违反大学规定的人没有管辖权；其次，很难想象他们会有任何理由怀疑，一个非洲学生于午夜时分在布鲁克赛德这样的公共场所会有生命危险。但这些非洲人有着与我们完全不同的奇怪心态，我被告知，布里玛·卡里夫酋长可能对我有某种不满。"

在好几段话里，韦奇伍德教授又谈到了他对允许非洲学生在大学城与白人混在一起生活学习的异议，这个观点是他众所周知的偏见。

"我尽我所能让酋长冷静下来。最后他给了我五十个鸡蛋，其中四十二个是我的厨师向我保证不适合人类食用的；还有六只家禽，加在一起就可以做成一只英国家禽店的中型鸡；此外还有两个菠萝。后面两个礼物我很怀疑是否有毒，我听说了关于黑人用藏着玻璃粉的菠萝引诱敌人死亡的故事。我的厨师仔细检查了水果，并没有发现我说的问题。"

"然后，"多莉中断了她的阅读，"我爸爸接着说了很多关于黑人与他们不喜欢的人相处的好方法。让我们看看在哪里？"她翻动着后面几页，又开始读起来。

"但我真的对我见过的那个年轻人很感兴趣。起初我对地区专员什么也没说，我不想让自己显得可笑。我想，他可能会以为我脑子里一直想着剑桥谋杀案的事。好了，酋长终于走了，答应第二天再来看我。那是明天的事，这封信要在明天寄出，下一班邮件要等十天后才能寄出。晚上，当我和地区专员一起吃饭的时候，我大胆地回到这个话题上来。我问他是否有可能在那天早上的人群中找到某人。他似乎对我的问题感到相当惊讶，回答说，只要我能提供足够的细节，他认为不会有多困难。然后我告诉他，我突然眼前浮现出了布鲁克赛德的情景，我注意到集会时那个让我想起这件事的年轻人。起初我觉得他会认为我在胡说八道，但他礼貌地表示会尽他所能来检验我的怀疑。他派人去请翻译，经过一番询问，翻译找到了我注意到的那个人。他是附近一位酋长的亲戚，曾与布里玛·卡里夫酋长有过一次口角。而且据我所知，他与另一位被谋杀的年轻人奥古·卡拉瓦的父亲也有过口角。然后，地区专员开始意识到，我并没有完全精神错乱，也没有胡思乱想。翻译知道在哪里可以找到这个人，这个人通常和村里的朋友住在一起。翻译知道他去年待在英国，被他的父亲送到利物浦的一家船运公司学习办公室工作。一名警察被派去调查。警察所能知道的是这个年轻人在那天早上离开了自己的朋友，收拾好箱子，与这个人以前的习惯相反的是——他没有说自己要去哪里！"

未知情况

　　早晨阳光明媚，但是当剑桥警察局长迪卡普特进到自己的办公室时，他觉得自己的心情和天气并不太协调。他觉得，冬天深灰色的天空更适合自己。关于这起谋杀案，他和其他人一样担心，直到在十月学期前，警方都还没有取得任何进展。他意识到，除非在这件事上有所作为，对于一直保护城镇和大学的警方而言，此事将会成为一个污点。但是由于案件一直没取得进展，只能希望公众对此事的记忆能够淡忘。在夏季学期正式开学之前，他有理由相信人们不会再谈论这个问题了。

　　就在两周前的一天，教授的女儿坎伯利小姐和剑桥大学本科生杰弗里·克莱斯顿拜访了他。他在大学里寻找线索时，曾与杰弗里·克莱斯顿进行过一次面谈。从那天开始，他平静的生活就被粗暴地打破了。两人告诉他。韦奇伍德教授在信中提到一个神秘黑人的故事，虽然他一直认为那是无关紧要的事情。但这对年轻人拒绝离开他的办公室，直到他承诺采取一些措施来追踪这个人。韦奇伍德教授提供的信息极为贫乏，甚至没有说出那位神秘陌生人的名字，不过由于地区专员的翻译似乎知道神秘黑人的身份，找到这个人也不是不可能的。他已经给伦敦警局写了信，没想到上级如此重视这条线索——如果可以说是一条线索的话，竟发了一份电报给老几内亚警方，询问对方是否愿意进一步调查此事。对此他感到既惊讶又有点恼火。

西非的警察立刻采取了行动：韦奇伍德教授所说的那个人已经被认出来了，他的名字也通过电报被告知了英国。苏格兰警察局给了他这个信息。"阿布·博卡里"这个名字并没有向迪卡普特传递太多信息。前一天迪卡普特收到伦敦警察厅的一封信，告诉他利物浦所有的船务局都已接到通知，要求打听一个老几内亚人的情况，这个人可能在过去的十二个月里到他们那里担任过低级职员或学徒。信中还说，其中两家公司被要求：将任何与那人有关的蛛丝马迹直接告知给剑桥警方。

所以，今天早上办公室里会有更多无用的事情等待着他处理。当迪卡普特看到桌子上的篮子时，他最担心的事情发生了。里面有一堆打开的信，大约是平时的五倍。毫无疑问，这些都是来自利物浦公司的回复。迪卡普特疲惫地坐在书桌前,粗略地检查了一下篮子里的东西,确信城里的船运办公室比全国其他城镇加起来还要多,而且至少有一半的老几内亚人在某种程度上受雇于这些办公室。但是在名单上,没有一个人可以通过任何想象,延伸到失踪的阿布·博卡里身上。

警察局长迪卡普特刚费力地翻阅完那些文件,勤务兵就敲响了他的门,通报说杰弗里·克莱斯顿求见。迪卡普特费了好大劲才勉强表现出足够的礼貌,哪怕只是敷衍地客客气气地跟对方打了个招呼。

“早上好,先生。”杰弗里·克莱斯顿说着,不慌不忙地拿了一支烟,坐到了客人的椅子上,他没有征得迪卡普特的同意,甚至也没有递给对方一支烟,“利物浦那边有消息了吗?”

“利物浦那边有什么消息吗?”迪卡普特一挥手臂,指了指他面前的篮子里满溢出来的信。

“天哪,多好的运气!”杰弗里·克莱斯顿喊道,“真的是好运气!”

迪卡普特可以用很多词来形容,同样简洁,但绝不那么客气。“哦,你为什么这么认为呢?”

“为什么?我们应该能从这里面得到一些东西。”

迪卡普特抑制住了他的愤怒。毕竟,杰弗里·克莱斯顿对公平正义的兴趣和对大学城荣誉的热情确实值得高度赞扬,但迪卡普特没有任何褒奖他的意思。

"年轻人，在你这么肯定之前，我想让你先看看这些东西。"迪卡普特指了指桌子上的信件。杰弗里·克莱斯顿急切地抓起一把，渴望的神情让迪卡普特难以理解。

"你能从这些东西的任何一个中，看出对我们有一点用处的东西吗？"迪卡普特的语气夹杂着讽刺和绝望的情绪。但是他的年轻客人并不气馁。

"你这是什么意思，先生？这里的名字还不够多吗？"

"已经够多了，真的，可是你打算怎样开始呢？你那儿只有几个，我这儿好像有好几百个。但我敢打赌，你在他们当中找不到一个像阿布·博卡里这样的人。而且，在所有这些人中间，也没有这样一个人。"

令迪卡普特吃惊的是，杰弗里·克莱斯顿笑了。"阿布·博卡里？西非人发电报回来的名字？但你觉得你会用这个名字吗？如果就像我们猜想的那样，这家伙来到英国后，想对两个来自同一个国家的朋友做点什么，他会不会用自己的名字？此外，虽然我不是警察，但是我敢说，我对西非的了解比你多一点。虽然我自己并没有去过那里，但我读过很多关于那个地方的书，我甚至觉得自己像去过西非一样。"

杰弗里·克莱斯顿说话的语气，是一种居高临下的，一种专家对外行说话的口气，迪卡普特真想踢他一脚。他自己并没有受过大学教育，但他为此感到高兴：大学教育能把那些本来还算体面的年轻人，变成令人讨厌的小狗崽子。不过他还是控制住了自己的感情。杰弗里·克莱斯顿所说的话可能有一点道理。再说当一切都说完了，一切都做了以后，他确实应该对那个年轻人和他的朋友们表示一点感激之情，因为这些年轻人在这件事上还有足够的热情，愿意尽力协助警察完成他们所面临的艰巨任务。

但迪卡普特不能被打一下就屈服。"对西非的了解和这有什么关系呢？"

杰弗里·克莱斯顿变得更严肃了。"我的意思是说，这些人是老几内亚的当地人。当然啦，他们黑得跟你的帽子一样，却经常给自己取白人的名字，尤其是当他们回到'家'的时候，他们是这么叫的，意思是英格兰人。"他笑了，"例如，我没说错的话，塞拉利昂弗里敦的约翰逊、琼斯和坎贝尔，比你在伦敦电话簿上找到的还要多。"

迪卡普特惊奇地靠在椅子上。"好吧，假设是这样的话，我必须说我以前从来不知道这些事情。但这对我们破案有什么帮助呢？"

杰弗里·克莱斯顿拿起其中一封信，看了看随信附上的表格。"看这里，"他说，"在这封来自西非水果航运公司的信中，看一看办公室、码头上，甚至船上的当地雇员名单。史密斯、琼斯、鲁宾逊，全是纯正的英语名字，可是你以为他们生来就是这些名字吗？"

迪卡普特心中开始出现了一丝曙光。"你的意思是，这个人，即使他曾经来过这里，也有一个化名？"杰弗里·克莱斯顿点点头。"当然，"他说，"他们似乎认为，给自己起白人男性的名字，会让他比在自己国家本来的名字更像白人。此外，如果这个家伙，我们假定他是来这儿杀害他的几个朋友的，难道他在这儿还会炫耀自己的名字吗？我想在这种情况下，即使是最简单的罪犯也会想到要有个化名的。"

迪卡普特越来越有兴趣了：年轻人的热情很有感染力。毕竟，这些有关案子的疑团还没有解决，他应该欢迎任何人来帮助他，因为他想不出更多的方法来帮助自己。"那么，你的意思是，如果我们不把那些姓名的证据看得很重要的话，我们可以通过其他方式筛选这些名单，例如这些人在英国待了多长时间？他们什么时候离开的等等？"

杰弗里·克莱斯顿点了点头。"我说的正是这个意思，尤其是他们离开这个国家的那一天，如果他们真的离开的话。我看到公司已经给出了这些日期，如果有的话。"

"伦敦警方的调查做得非常全面。"迪卡普特陶醉在总部给他带来的荣耀之中。他叹了口气，决定在他新朋友杰弗里·克莱斯顿的帮助下，用整个上午的时间来分析来自利物浦的名单。这是一项漫长而沉闷的任务，迪卡普特有时真想放弃，杰弗里·克莱斯顿暂时在他心中培养出来的热情正在消退，他开始严重怀疑这项任务是否值得。但他羞于表露自己的感情，因为这位大学生没有表现出丝毫疲倦的迹象。"你能来这样帮助我，真是太好了。"迪卡普特看了看钟，"但我肯定耽误了你的工作——上课或者别的什么事？"

杰弗里·克莱斯顿笑了。"我不认为耽误一天对我有什么坏处。这才是真正的工作，不是吗？"

迪卡普特从心底里同意这位客人的意见，但他并没有强调这一点。经过几个小时的仔细搜索和比较，发现有两个名字存在问题。从当时的情况来看，这两个名字可能掩盖了失踪的阿布·博卡里的身份，如果他的身份被隐瞒了的话。前年九月一位来自老几内亚的年轻人，以押沙龙·帕金斯的名义被格林漏斗公司雇佣为学徒，四个月后，他在没有任何解释的情况下离开了，当时正是这个神秘的黑人在剑桥出现的时候。另一个犯罪嫌疑人是一个名叫以法莲·史密斯的青年。几乎在同一时期，他被帕克布朗铁矿公司雇为高级学徒，该公司有自己的轮船往来于海岸。在他的案卷中，公司在史密斯潜逃后，写信给他在老几内亚的父母，通知他们押金已被没收。由于没有收到他父母的回信，秘书不知道公司的信是否已经送达。

"所以你看，我们终究还算取得了一些进展。"

马上就要一点了，迪卡普特的胃像表一样准确无误。"我想，"他说，"一个上午就足够了，非常感谢你的帮助。有了从伦敦警方那里得到的信息，我们可以用进一步的调查，来检验我们的推测是否有根据。"

有人敲门，勤务兵匆忙进入办公室。

"一位名叫弗莱姆利的先生要求见克莱斯顿先生，他说有急事。"勤务兵的话还没说完，帕特·弗莱姆利就激动得满头大汗地冲了进来。

"我希望您能原谅我，先生。但我有重要的事情要告诉克莱斯顿先生，可能也与您有关。"迪卡普特还没来得及从这次意外闯入的影响中恢复过来，帕特·弗莱姆利就接着说，"是一封电报，一封发给坎伯利小姐的电报，是关于她父亲的。他被一个本地人从背后开枪射伤了。他没有死，但是他伤得非常严重，我需要您的帮助。"

非洲噩耗

　　警察局长迪卡普特表现得很反感，这是一种温和的表达他情绪的方式。因为一个大学生荒谬的热情，让他错过午餐时间已经整整五分钟了，他觉得学生应该把更多精力有效地用于准备考试，而不是扮演一个业余侦探。由于帕特·弗莱姆利匆匆忙忙跑进来，报告韦奇伍德·坎伯利教授遭遇了意外枪击的消息，这进一步推迟了迪卡普特盼望已久的午餐时间。

　　迪卡普特对韦奇伍德教授没有任何个人感情，他与他唯一的正式接触是，当这位杰出的人类学家被怀疑持有一支没执照的枪支时，他派了一名下属去调查。对教授来说，就连这一小插曲也以胜利告终了。

不过，为了尊重这个新来的人脸上流露出来的真心关切，迪卡普特还是竭力掩饰自己的感情。"听到这个消息我很难过，非常难过。"他认为没有必要补充一句，如果这个不幸的消息来得不是那么不合时宜的话，他可能会感到更加悲伤。

杰弗里·克莱斯顿吃了一惊。"我的上帝，我们陷入了混乱！"

"那么，"迪卡普特试探着说，显然对杰弗里·克莱斯顿用了人称代词的复数表示不满，"你是怎么看出来的？我的辖区不包括整个西非，只有剑桥城和大学。"他意味深长地补充道，"这些地方已经够我忙乎了。我很抱歉听到你对我们说的话，非常抱歉。我知道教授在这两个地方都很受尊敬，但我真的看不出这与我有什么关系。"

帕特·弗莱姆利做了辩护。"我根本不是那个意思，先生。我只是因为知道克莱斯顿先生和你在一起才到这里来的，我想要尽快告诉他。"他又补充了一句，"我确实认为，您也许也会感兴趣的。因为它有可能和剑桥大学的事情有一些关联。您知道，先生，韦奇伍德教授对黑人没有什么特别的好感，这是一个公开的秘密。这件事发生时，他正在非洲国家，而且，据我们所知，最近有一位酋长拜访了他，酋长的儿子正是十月份在这里被杀害的人之一。但更值得注意的是，"他转向杰弗里·克莱斯顿说，"韦奇伍德教授是从背后被左轮手枪射中的。"

迪卡普特笑了，这些业余爱好者非常善于闪电般地计算和推理，并得出惊人的结论。"如果你们两位先生要到非洲去当警察，你们的一些职责至少与警察有关。我想我应该建议你们对所依据的事实要更加谨慎一些。如果你推断出在任何方面都相似的罪行一定有某种联系，那你就会陷入一些可笑的境地。"

迪卡普特又笑了起来，他很高兴地发现，自己的话让那两个年轻人的镇定多少有些动摇了。时间已经过了一刻钟，饥肠辘辘的感觉丝毫没有减弱。这些不受欢迎的闯入者，破坏了他那短短的闲暇时间，这正是他在工作上的烦恼。

"我们马上离开，先生。"帕特·弗莱姆利终于有点恼火地说，他的语气丝毫没有掩饰他的情绪。

"不过，我原以为你也会像我的朋友一样，对这个消息感兴趣。这可能是个巧合，但另一方面也可能不是。在剑桥谋杀案中，警方几乎没有什么可查的。非洲是一个神秘的地方，我们都知道这一点，那里会发生奇怪的事情。我经常在书里读到一些你几乎不会相信的东西。"

迪卡普特不愿意听一大堆关于非洲的无稽之谈，而耽误他的午餐时间——那不是他的工作范围。而且,不管怎么说,他读过很多小说——尤其是埃德加·华莱士的小说。他知道，对于任何一个写书的人来说，要想小题大做，从根本就不神秘的事物中找出一个又一个的神秘事件是多么容易。

"我敢说你可能读过埃德加·华莱士的小说，我的孩子。不过，等你当了我这么长时间的警察，你就会明白，我们遇到的事情，通常都不是真正神秘的，只是简单的常识，加上勤奋的工作，还有很多其他因素。"

"非常感谢你，先生，感谢你今天早上所做的一切。"杰弗里·克莱斯顿的态度十分冷淡。迪卡普特对这个案子的兴趣似乎在减退。当然，在这样的情况下，一个人应该不好意思去看钟表，也应该愿意占用自己的闲暇时间，因为这些志愿者们已经准备好了挺身而出：提供信息，帮助他完成追踪神秘罪犯的艰巨任务。

当迪卡普特发现那两个年轻人真的打算离开时，松了一口气。他默默地下定决心，再也不能让业余调查人员像今天这样牵绊住自己了。他会看到，将来他们的热情会在他的下属沃普兰斯顿探长身上得到回报；或者他会让他们去伦敦警察局接受私人询问，他们在那里就不会受到如此温和的接待。

"不用谢我，我是尽我所能。不过，坦率地说，我不认为我们今天上午有什么进展。"迪卡普特的态度变得严肃起来，他垂下目光，唯恐听他说话的人从他的眼睛里看出他话语背后的滑稽。"好吧，沃普兰斯顿，进来吧，我差不多做完了。"他的下属走了进来，轻轻地关上门，等待着。"我有了一种新的推测，完全新的。我根本不相信这些剑桥谋杀案是非洲人干的。我相信，杀死这两个年轻人的是个白人！"

帕特·弗莱姆利和杰弗里·克莱斯顿惊讶地面面相觑，难道警察局长迪卡普特只是在吓唬他们，为了报复他们今天早上给他惹的麻烦吗？还是他知道的内容比他公开的信息要多？剑桥警察和伦敦警方是不是一直在悄悄地寻找某种确切的线索，对此事只字不提，直到把他们编织的不可逃脱的证据网紧紧地套在这个人身上的时候，才更有把握地向凶手猛扑过去呢？他们知道这样的事情以前也发生过。但如果这个假设是正确的，为什么迪卡普特要在一个毫无防备的时刻，在秘密追踪了这么多个月之后，把秘密泄露出去呢？当然，这也可能意味着，事情已经发展到如此地步，以至于警察真的就要公开逮捕罪犯了，因此没有必要再进一步隐瞒了。

那天早晨，两个显然很困惑的年轻人走下剑桥警察局的台阶，急匆匆地跑到帕克台的房子里去安慰多莉·坎伯利，等待着韦奇伍德教授进一步的更令人安心的消息。

在帕克台

一

"不会有事的，多莉。你父亲强壮得像匹马。如果真的伤得很重，他当场就死掉了。"当帕特·弗莱姆利说出这些话后，马上就后悔了，他意识到这样的安全辩护不是很有说服力。即使伤口没有立即造成死亡，也并不意味着以后不会发生并发症，从而导致致命的后果。当多莉·坎伯利坐在帕克台维多利亚风格客厅的沙发上时，帕特·弗莱姆利为她感到心痛，因为她双手捂着头，眼睛因泪水而肿了起来。他知道韦奇伍德·坎伯利教授有闲暇时，就会以一种明显的"非维多利亚式"的姿势——那就是摊开他的四肢，在这里休息。

"此外，"杰弗里·克莱斯顿插话说，他觉得他必须为安慰这个心烦意乱的女孩做出自己的贡献，"如果事情真的如此严重，我们现在应该听到更多的消息了。"

这句话比他朋友的安慰更没有说服力，多莉·坎伯利仍然用手捂着脸默默地哭泣，没有回答。这两个年轻人变得越来越不自在。这是他们第一次在痛苦中遇到美，但他们绝不是在享受这种经历。

"我希望，哦，我多么希望爸爸从来没有去过那个可怕的国家。在家里发生这种事就够可怕的了，但是在那里，在那些他那么讨厌的黑人中间，哦，这太可怕了，那里也没有正规的医生。"

在这一点上，这两个年轻人都急于缓解姑娘的情绪。

"这就是你错的地方，"帕特·弗莱姆利几乎得意扬扬地喊道，"我们读了政府关于老几内亚的最新报告，上面说，在西非凡是有白人的辖区，都有医生——或者说几乎每一个辖区都有一个医生。"他结结巴巴地说，但又不敢完全实话实说。

这种安慰对多莉·坎伯利没有丝毫作用。唯一能让她安心的事，就是再收到一封电报，告诉她，她的父亲已经康复，或者朝这个方向迈出了一步。她虽然很想收到第二封电报，但又害怕听到电报员在门上发出的嗒嗒声，因为担心那电报里可能有什么她不希望发生的事情。

"要是我们能得到一点消息就好了，"多莉·坎伯利终于脱口而出，她心里一直在害怕自己担心的事情可能会发生，而她得不到所希望和祈祷的那种答复，"现在难道一个人不能在世界任何地方通过无线打通电话吗？"

帕特·弗莱姆利和杰弗里·克莱斯顿局促不安地面面相觑。他们从来没有去过西非，有时他们强烈地希望永远不要去那里。但是，他们从殖民地的手册和报告中了解到，在二十世纪，这种交流在非洲是不可能实现的。即使有可能直接向沿海的首都传达信息，他们也相当肯定没有这样的设施来与内陆的丛林地区取得联系。即使在爱德华兹维尔，人们所能做得最多的就是在线路上向最近的传送站发送一条电报或电话信息，到达人们希望到达的地方，并让当地人跑步将信息发送到确切的目的地，但这可能需要一天甚至更长的时间才能到达。就连已经收到的电报上的日期也不能说明什么问题，因为电报中没有写明不幸发生的确切时间。

这两个年轻人向教授的女儿提供的情况并不乐观，他们真希望多莉·坎伯利从来没有这样急迫地问这个问题，并要求得到答案。

杰弗里·克莱斯顿又断断续续地试了几次，想把姑娘的思绪引到别的地方去，但都没有成功。"我很抱歉，多莉，你知道的。我真的非常抱歉，我无法为你做太多事情。如果我是你，我会尽量休息。我现在真的得回去了。我明天还有一大堆事情要做。"

这消息使帕特·弗莱姆利大吃一惊。杰弗里·克莱斯顿没有让工作妨碍他下午在河边散步的习惯。但帕特·弗莱姆利明白，在这种情况下，他的朋友也无能为力。即使在这样一个悲伤的时刻，帕特·弗莱姆利也很高兴能单独和他心爱的姑娘待在一起。

下午渐渐过去了，仍然没有任何获得进一步消息的迹象。最后，多莉·坎伯利由于悲伤和焦虑而疲惫不堪，在长沙发上迷迷糊糊地睡着了。这个不幸的消息已经给姑娘一向快乐和活泼的漂亮脸上带来了阴霾，帕特·弗莱姆利看到此情此景，不禁心疼不已，于是轻轻地吻了她的嘴唇。

二

"晚上好，先生。"

那是一个闷热的夏夜，警察局长迪卡普特无法入睡，想出去透透气，这也许对他有好处。他向帕克台街走去时，在圣安德鲁街遇到了一个警察，警察向他行了个礼。

已经过了午夜，四周一个人影也没有。迪卡普特穿过大学阿姆斯酒店，沿着通向帕克台的那条小路，来到空旷的地方。他呼吸着从广场吹过来的新鲜空气，风吹得树叶沙沙作响，预示着一场暴风雨即将来临。还有一段路要走，即使是现在，在他和火车站之间的大片房屋上空，也可以看到断断续续的闪电，但是还没有听到即将到来的雷声。迪卡普特很感激在雷声到来之前，空气中带来的凉爽清新。夜深人静的时候，就像城里的街道一样，帕克台上空无一人。迪卡普特立刻躺了下来，舒舒服服地把四肢伸直躺在冰凉的草皮上，草皮像垫子一样铺在他身下。他很感激地吸进夜晚的空气。尽管暴风雨即将来临，但与白天闷热的空气，以及迫使他消磨大量时间的警察局的空气相比，这里的空气无疑是新鲜凉爽的。

一想到办公室，迪卡普特的思绪又回到了那两个大学生的神秘谋杀案上，案件仍然像以前一样无解。伦敦警察局那些声名显赫的侦探所提供的帮助，并没有为这些神秘的罪行提供任何线索。他开始担心，这些罪行最终可能会被列入不断增加的不受惩罚的谋杀名单。但这是有区别的。迪卡普特非常清楚，在许多警方必须正式认定为未解决的犯罪案件中，只是因为没有足够的证据使警方能够在法庭上肯定地证明自己调查的案件，从而未抓住罪犯。按照国家的法律，一旦一个人被他的同僚审判并无罪释放，这个人就不能以同样的罪名被再次逮捕和审判，无论当局后来掌握了什么证据。在许多公众认为完全无法解释的案件中，警方有着强烈的怀疑，几乎可以证明罪犯的身份，但是在法律证据链中还有一些缺失的部分，法官和陪审团往往会接受这些部分，从而让罪犯获得无罪释放的机会。这样肯定是不明智的，警方倾向于不提出明确的指控，并对此事进行持续调查，如果在以后的阶段足够幸运，能够找出缺失的环节，那么这些嫌疑人就可能无法逍遥法外了。

但迪卡普特认为，剑桥的案件不属于这一类。据他所知，伦敦警察厅甚至没有怀疑过凶手的身份，也没有怀疑过这两起罪行是否出自同一个罪犯之手。两起案件中使用的武器是相似的，但这并不一定证明这两名受害者是死于同一人之手。

一时之间，有人认为人类学教授与此事有牵连，这个猜测是基于韦奇伍德·坎伯利教授对大学有色人种毫不掩饰的厌恶，以及一个匿名信的作者暗示教授有一把没有执照的左轮手枪。这么久以来，这个推测似乎太荒唐了，没有人认真地加以考虑。

然而，那天早上帕特·弗莱姆利在办公室里给他带来的消息在一定程度上重新唤起了这样一种推测：韦奇伍德·坎伯利教授和剑桥谋杀案之间可能存在某种联系，尽管这种联系很微弱。经过进一步的思考，迪卡普特再也找不到任何头绪了。这就像一场噩梦。奇怪的事情可能会发生在非洲，通常发生在去未知地区探险的白人身上。对教授的攻击很可能是一个当地人发了疯，把韦奇伍德教授当成了政府派来追捕他的警官——因为他犯了什么不端罪行。这种事可能发生在任何人身上。教授被错误地认为与法律有关，这纯粹是一种不幸、一种意外，他承受了本来是真正的警察承受的伤。但公众在报纸上看到这一事件时，他们可能不会这样想。善于制造轰动效应的记者们会注意到，如果不提及韦奇伍德教授遇害的地方——恰好是在剑桥被谋杀的一位年轻人的酋长父亲附近领土的话，就不会有任何新闻效果。

空气变得闷热起来，但到目前为止，还没有迹象表明暴风雨会很快袭击这个城镇。迪卡普特开始感到昏昏欲睡。他的妻子带着孩子们去度假了。那天晚上他真的没有必要回家。迪卡普特觉得如果自己回家了，他就睡不着了。和儿子一起徒步旅行时，他经常在户外睡觉，他决定今天一个人在户外睡觉。如果暴风雨真的猛烈地袭来，他很快就会醒来。他可以一直朝着大学酒店附近的小亭子跑去，待到暴风雨结束再回去。迪卡普特脱下外套，小心翼翼地折叠起来，放在头下当枕头，脸上带着微笑睡着了。如果他的手下在一丝不苟地执行任务，搜寻当晚在那片地区的流浪汉，并进行突袭，那么对方会发现被他抓住的正是剑桥的警察局长，这真是相当有趣。

大约一小时后，暴风雨来了。雷声聚集在城镇上空，暴雨像瀑布般倾泻到街道和城镇的空地上。闪电在各个学院上空猛烈地闪着，因为工作的缘故，在凌晨时分，为数不多的几个人不得不待在门外，他们急匆匆地跑到门廊躲避倾盆大雨，观看房屋上空闪烁的电光。

但是镇上有一个人对雷声的轰鸣、耀眼的闪电和倾倒的暴雨毫不在意。天快亮的时候，暴风雨已经平息了，一个巡查的警察穿过树木，向市中心走去，他在草地上发现了一具尸体。躺在地上的那个人胸部有一个裂开的弹孔。警察发现，那个人正是剑桥的警察局长迪卡普特。

情况紧急

一

　　在帕克台街发现警察局长迪卡普特尸体的消息，在剑桥引起了极大的轰动。这并不是说有许多朋友哀悼他的突然离去。迪卡普特是一个很受欢迎的人，但他通常沉默寡言、离群索居，一天的工作结束后，他很少参加镇上的社交活动。迪卡普特常说，像他这样地位的人在公务活动中结交的朋友越少越好：你永远不会知道会发生什么——人总是会犯错误的，即使最优秀的人偶尔也会犯一些错误，或者一些法律认为是错误的事情，当公务警察与朋友或熟人过多交往时，可能会产生尴尬的后果。

经过调查，警方并没有找到什么对追查凶手有用的线索。发现这一惨剧的警察说，他经过帕克台时大约是早上五点，这是他经常巡逻的地方。医学证据表明，迪卡普特的尸体被发现时已经死了大约四个小时，这就确定了犯罪时间是凌晨一点左右，至少是在遇到他的警察向他道了晚安之后的一个小时。心脏上有一处伤口，是由一颗韦伯利左轮手枪射出的子弹造成的，很明显受害者是在睡觉时被枪杀的。警方仔细地搜查了现场，但是没有发现任何线索。坚硬的草地被前一晚的雨水浸湿了，松软的草地并不利于留下清晰的脚印。当外科医生进行初步检查，而在警察还没来得及在发生暴行的地方设置警戒线时，许多人已经聚集在一起，无论如何，追查罪犯来去途径的机会很小。

公众不久就在新闻界的协助下，把这桩新的刑事犯罪案件同之前那两名黑人大学生被杀案联系起来，尽管似乎没有什么确凿的证据可以做出这样的假设。确实，作为镇警察局长，迪卡普特负责调查这些案件，但实际上大部分工作是由他的下属沃普兰斯顿探长和伦敦警察厅派来的人完成的。

在这几起案件中，甚至连使用武器的人的身份都不知道。两名黑人大学生是被一支小型自动手枪从背后开枪打死的；警察局长迪卡普特是被一枚口径很大的左轮手枪从前面打穿心脏而死的。有人认为，凶手有时间带着枪逃走对警方是不利的：发现武器会给警方在接下来的搜查中提供更好的机会。其他人则认为，幸亏那人是随身带着左轮手枪逃走的，这种东西不容易处理掉，也许存在的一些记录可以帮助当局查明它的来源。但伦敦警察厅的警官们对这两点都不太重视。

关于作案动机的调查也毫无结果。去世前，迪卡普特只担任了三年的剑桥警察局长。在这段时间里，他很幸运，很少有暴力犯罪案件需要处理。他曾起诉过一些盗窃犯，但他们出狱后并不特别倾向于向起诉他们的警察进行报复。尽管在某些案件中，威胁警察要受到严厉惩罚的匿名信并不少见。但伦敦警察厅的警官们并没有忽视这一可能的线索，对于由于迪卡普特的行动而落网的所有窃贼和暴力罪犯的下落，他们都设法弄清了。这些人早在警察局长去世的前两年，就被释放了。其余的人仍然被安全地关在监狱的围墙里面。

迪卡普特在晋升到大学城之前，在斯塔福德郡也担任过职务。警方对此也进行了类似的调查，但没有任何发现。有关死者私生活的调查也同样没有新的发现。跟迪卡普特发生过争执的人很少，也没有一个人会想要用谋杀来报复他。

当然不能排除这种可能性：罪犯是一个疯子或一个暂时精神失常的人。但全国各地的疯人院记录都被仔细搜查过，没有任何线索让警方相信有杀人狂在逃——无论是在剑桥，还是其他任何地方。

尽管缺乏证据，但民众开始转向推测，谋杀案与剑桥大学本科生卡拉瓦和庞波利的死亡有某种神秘的联系。沃普兰斯顿探长暂时接替了警察局长的职务，他也开始朝着同样的方向前进。虽然他和伦敦的警官们都认为这个理论是有道理的，但是对从哪里开始调查大家都感到十分困惑。警方在追查以前的两起罪犯方面丝毫没有进展。同样，目前也没有发现任何明确的线索能让办案有一个突破点。

众所周知，帕特·弗莱姆利和杰弗里·克莱斯顿在凶案发生的前一天早上曾与死者进行过面谈，伦敦警察厅的官员和沃普兰斯顿对他们进行了详细地问询，由于他们是死者生前最后接触的两个人，警官们希望在这个方向上会有什么发现，用来指示可能的线索。

二

"但我们能告诉他们的信息，可能并没什么用。"

五月下旬一个晴朗的下午，一艘平底船缓缓地驶过河流，船上坐着帕特·弗莱姆利、他的朋友杰弗里·克莱斯顿和多莉·坎伯利。女孩从她父亲那里得到了令人放心的消息，她的父亲似乎恢复得很好。她还没有来得及给他写信，但是电报的措辞表明，尽管发生了意外，韦奇伍德教授也无意放弃他计划好的工作。教授甚至似乎在考虑延长他在非洲的逗留时间，以弥补由于这件事而浪费的时间。多莉觉得好笑，这些都证明了她父亲性格固执，她对父亲考虑继续留在这个国家有点担心了，因为教授众所周知的立场，很可能让他在这个国家不受欢迎，而且有人甚至企图谋杀他。但多莉可以安慰自己的是，父亲现在对自己可能正在面临的任何危险都睁大了眼睛，而且她知道殖民地的政府将采取更严格的措施，以确保尊贵客人的安全和待遇。

"我根本不认为有什么作用，也看不出怎么会有用。"多莉·坎伯利大声回答帕特·弗莱姆利的问题，她的声音足以盖过一只平底船驶过时，传来的便携式留声机的声音，那只船刺耳地大声播放着最新的"热门"舞曲。这与国王学院教堂的高贵气派很不相称。

"尽管如此，"正在撑船的杰弗里·克莱斯顿插话说，"不管别人怎么说，我还是禁不住在想，所有这些事情之间都有某种联系：谋杀两个非洲人，企图杀死韦奇伍德教授，以及警察局长之死。"

在聊天中这样随意说说是很容易的，但是自从两三天前的事情发生以来，当人们第一百次谈到这件事的时候，除了简单说一句之外，就不太容易再谈下去了。

"不管怎么说，"杰弗里·克莱斯顿继续说，"警方似乎并没有完全放弃这个想法。今天早上，当我再次去警局的时候，老沃普兰斯顿像往常一样把我叫了过来，他既焦急烦躁，又害怕在那些从伦敦来的侦探面前显得太蠢。有人告诉我，这学期住在大学里的可怜的非洲人过得不是很愉快。他们都接受了询问，被问到是否有任何武器。我相信他们会在吉卜赛人出去的时候，搜查他们的房间，看看他们是否在撒谎。但我猜想并没有发现任何可疑的东西。"

"这里的黑人没有一个是来自老几内亚的，在我看来，这简直是浪费时间。"多莉·坎伯利说道。三个人沉默了一会儿。无论是剑桥城里的人，还是大学里的人，目前似乎都在谈论这个话题，但似乎不可能再深入下去了。平底船慢悠悠地开着，至少在这段时间里，他们竭力想把生活中司空见惯的令人不快的事情忘掉。最后，在一棵可以遮风挡雨的柳树树荫下，他们找到了一个方便停泊船的地方。

"我建议我们在这里把船停靠下来。"杰弗里·克莱斯顿暂时受够了撑船，想喘口气的渴望，以及饥饿的痛苦，促使他提出了这个建议。

提议获得一致通过，平底船很快就牢牢地被固定在岸边，一头是杆子，另一头是树干，紧靠着宜人的小溪的低岸边。帕特·弗莱姆利忙着摆弄临时桌子。"我不明白为什么要杰弗里做所有的工作。我现在要开始帮忙了。"

杰弗里·克莱斯顿轻蔑地笑了。他把衬衫袖子卷了起来，灰色的法兰绒裤子上有湿漉漉的痕迹，那是一个没有经验的水手经过时溅起的水花，把他的裤子打湿的。他觉得很热，喘着粗气。"这算是工作吗？你可以在回去的路上划一会儿船，我会做好服务，把桌子铺好，准备喝茶。"

"我们还没吃午饭就开始谈喝茶，这还早着呢，"多莉·坎伯利一边嚷着，一边打开午餐篮，开始摆好桌子，"该死，我把一把刀子掉在船上了。"

叫喊声是那个姑娘发出的，她开始在铺开的桌子底下，摸索船底。帕特·弗莱姆利正坐在她旁边那块宽大的靠垫上，立刻赶来帮她。

"这里让我来，你会陷在肮脏的泥水里，或者随便你怎么叫它。也许杰弗里装载的水不叫舱底污水，或许叫别的名字吧。"

"如果没有一位女士在场，我还可以提出很多别的名字，"杰弗里·克莱斯顿用一种威胁的口吻说，他向多莉鞠了一躬，"让我们看看，你回来的路上能运多少水，尤其我们经过那个划桨的家伙时。"

"你们两个别吵了。"多莉嚷道。她和帕特·弗莱姆利还在桌子下面的黑暗中摸索着，努力想找回那把珍贵的刀。

"喂！这是什么？我找不到那把刀，但我似乎找到了别的东西。"多莉急忙收回了手，在那两个年轻人面前摊开，露出一个小东西。

"那到底是什么东西？看起来像颗子弹。"帕特·弗莱姆利兴奋地俯身去看姑娘手里拿的东西。杰弗里·克莱斯顿站起来，向前弯下腰。多莉的话使他们三个人又想起了早上讨论的话题。

"天哪，"杰弗里·克莱斯顿叫道，"这是一颗子弹，而且是新的，和韦伯利左轮手枪上的子弹一样！"

神秘子弹

"很抱歉给你添麻烦了，"代理警察局长沃普兰斯顿说，他的表情和他的话毫不匹配。警察局长迪卡普特死后，在对这个职位毫无准备的情况下，他要在这么短的时间内就承担起这个职位的职责，已经够糟糕的了——虽然还没有出现任何与尚未侦破的黑人学生谋杀案有关的情况，"但我不知道我还能做些什么。"

总督察布拉姆利应沃普兰斯顿的邀请，匆匆从伦敦警察厅赶来，他同情地点了点头。那些神秘的罪行，有的历经艰难终能解决，有的却一直是未解谜案。这些事情布拉姆利已经见怪不怪。这么多年来，他早已经历了火的洗礼，这类事情对他来说是家常便饭，但他能体谅他同事的处境。

"奇怪的是，这东西居然是由一个对破获卡拉瓦和庞波利案子如此感兴趣的年轻人发现的。你确信船夫说的是实话吗？我并不是说他会有意地对你撒谎。但是有些人，尤其是乡下人，是很有想象力的，他们有时对事物的解读会超出事实本身，并过早下结论。"

沃普兰斯顿摇了摇头："布林普顿不是那种人。我认识他很多年了。如果有的话，他更倾向于走向另一个极端——自己忘记事情的速度比与警察打交道的速度更快，甚至是间接的。他说这是第56号帆船今年首次出航。这是一艘旧船，去年夏天被撞坏了。在他觉得再次把它租出去之前，需要对它进行一定程度的修理。因为这是他最古老的船之一，所以一直留到最后才修理。那些不需要过多修理的船大多在冬天得到了修补。事实上，他曾想过放弃第56号，但今年夏天的天气实在太好了，他想把他所有的船只都投入使用。这些船民现在日子不太好过，战争后大学生没有那么多钱了。干这一行的人，只要有机会，就得尽可能多地赚钱。"

"他确定去年没有把船租给某个黑人吗？"总督察布拉姆利若有所思地抽着烟斗，他和他的同事一样困惑不解。

沃普兰斯顿又摇了摇头。"不，他不会的。现在这里有很多黑人，我想比战前还要多。这艘船不是特定租给某一个人或某一群人的。它只是偶尔出租一个小时或一天。他所能想到的就是很多黑人时不时地租用它。但他想不起他们的名字，也想不起他们来自哪个学院。在我看来，如果他能帮上忙，也帮不上什么大忙。你还记得我告诉过你，年轻的克莱斯顿告诉我们，在警察局长迪卡普特被枪杀那天早上最后一次与他谈话时，迪卡普特说，他看不出有什么理由白人不会犯这些罪行。当然，这纯粹是猜测。假如这样的话，事情只会变得更加糟糕。"

沃普兰斯顿深深地叹了口气。"至于你说的，"他继续说，"那颗子弹为什么以前没有出现，这很有趣，我不认为这有什么奇怪的。平底船的船体里有很多角落、板条和其他东西，这样的小东西可以藏在那里，即使有人在船上待过，也很难被发现。"

总督察布拉姆利打开了一个放在他们之间桌子上的小纸箱。他没有碰那颗子弹，而是把嵌在里面的棉絮扯了起来，以便把子弹转过来。"它看起来没怎么生锈，"他一边说，一边近距离地检查着它，"你想一想，如果它整个冬天都在那里，它就会变色。"

沃普兰斯顿又叹了口气，这已成为他这些日子里的一种习惯性动作。"如果在九个月之前，"他生硬地说，"一名大学生在大街上被谋杀，另一名大学生在他大学的房间里被谋杀，你会觉得这是不可能的。即使是现在，这案子是谁干的，是怎么干的，警察竟然也毫不知情。"

布拉姆利笑了。陷入这种绝望的状态是没有什么好处的。解决棘手的问题是警察工作的一部分，他当年就解决过几个棘手的问题。

"我不明白，"布拉姆利说，"为什么你一定会认为这次在平底船上发现的这颗韦伯利子弹会和十月的犯罪事件有关。警察局长的案件中确实使用了韦伯利枪，但是那两起案件中使用的枪不是韦伯利枪。我们没有任何证据把警察局长的死和另外两个人联系起来，是吗？"

"我想不是的，"沃普兰斯顿沮丧地说，"不管别人怎么说，"他的语气中带着歉意，"我一直有一种感觉，迪卡普特的死，两个黑人的谋杀案，以及在非洲对教授的袭击都是联系在一起的，只要我们能找到其中一个线索，整个事情就迎刃而解了。"

布拉姆利默默地抽了几秒钟烟斗。"你检查过这个镇上有持枪执照的人吗？"

"当然，"沃普兰斯顿叫道，对于布拉姆利忽视自己之前的调查，他感到有些恼火，"而且，更重要的是，我已经查看了所有此类武器。拥有这类武器的并不多，我把持有执照的人也一一查过了。他们中的大多数人都是大学左轮手枪俱乐部的成员。他们在玉米交易所附近有个小训练场，所有的枪都由负责俱乐部管理的一位退休的中士检查，并在每次训练后放回原处。当然，不是所有的成员都能严格遵守规则，对此我不是很满意。我想说的是，根据乔德克罗夫特，也就是那个中士的说法，有时候那些人偶尔会把一支枪带走一小时左右，然后在预计时间内再还回来。但他说，据他记忆所及，从来没有出现过一支枪一夜未还的情况。"

说到这个方面，布拉姆利表现出了更多的兴趣。"哦，就他记忆所及？这是他用的词吗？"

"意思接近于'在我的记忆中'。"沃普兰斯顿也变得更加活跃了。这是一个他没有仔细考虑过的问题。

"这个乔德克罗夫特是个什么样的人？"

"普通的中士。你想问的是？"

"我的意思是，比如说他平时的状态都是清醒的吗？"

沃普兰斯顿问道："你是问他是否酗酒吗？"

布拉姆利点点头。

"他喜欢喝啤酒，如果你是这个意思的话。这是很多军士的习惯。"

"不仅仅是军士！"布拉姆利说话时眼睛里闪烁着光芒。

"我经常看见乔德克罗夫特中士从麦穗酒馆里出来——在我下班回家时。"刚说完，沃普兰斯顿急忙把最后一句话加上去，他不希望伦敦警察厅的人认为，他习惯于在一天的工作结束后到一家酒馆里寻找中士的陪伴，"我得说，他是个酒量很大的人。"

"就你所知，他是不是经常……"

沃普兰斯顿看出了布拉姆利的思考方向，问："你的意思是说，他有时可能没有像他应该做的那样仔细检查他管理的枪？"

布拉姆利点点头，说："你永远不知道真相。比如把办公室保险箱的钥匙弄丢了，谁没有做过这样的事——是偶尔还是经常？在我年轻的时候，我也这样做过，而且不止一次。我敢说，现在假设有一个人丢东西了，那肯定就是我。不过现在我有了一个密码保险柜，只要想起密码，我总归可以在那里找到它们。但是你说的这位中士呢？"

"你这是什么意思——关于他？"沃普兰斯顿问道。

"我们能不能找他谈谈？"

"现在几点了？"沃普兰斯顿瞥了一眼手表，"差不多六点半。在开放的日子里，靶场在五点半关门。我不知道今天是不是。如果是，现在已经关门了。我不知道乔德克罗夫特住在哪里，但我的人可能知道。"他正要按他桌上的铃。

"等一下，"布拉姆利叫道，"有一个更好的计划。为什么不给麦穗酒馆打个电话呢？"

"即使他在那儿，你认为这是个好计划吗？这不会让他起疑心吗？"沃普兰斯顿疑惑了。

"为什么不这样做呢？不管怎么说，如果警察去他家找他，他也会怀疑的。守法的中士不喜欢被警察护送到警察局。"

"好吧，"沃普兰斯顿表示同意，"我问问看他是否在麦穗酒馆。"

沃普兰斯顿接通了酒馆的电话，布拉姆利拿出一个小显微镜，把装在纸板窝里的子弹翻过来，从各个角度重新检查了一遍。他似乎对它很感兴趣，不满足仅用肉眼粗略地检查。沃普兰斯顿坐在那里，把听筒放在耳边，等待接通。他带着一种略带轻蔑的神气注视着这个伦敦人。沃普兰斯顿是一个老式的警察：他对科学的办案方法有种自以为是的蔑视。这种科学方法自福尔摩斯时代起就盛行在警队中，从小说到事实，从爱德华时代到新乔治亚时代，所有侦探都追随这种方法。

　　"喂，晚上好，坎德勒先生。我是沃普兰斯顿。是的，代理警察局长。"沃普兰斯顿还不习惯最近被授予的崇高职位。然而，当他在电话中向酒馆老板强调每一个音节时，一种自豪感油然而生。他自己不是不熟悉这个舒适的酒吧，他脑海中浮现出一幅画面：和蔼的老板把听筒举到耳边，背景是各种形状和大大小小的瓶子，看起来都很舒服。当对方通过电话听到意想不到的消息时，空气中弥漫着某种重要的气息，也许还混合着一点点恐惧。

　　"不，我们这次不是来找你的。"沃普兰斯顿的幽默中有几分勉强，"乔德克罗夫特中士今晚在吗？或者他来过吗？什么？他现在就在这里？你是否介意请他到我这里来一下？是的，在警局。没有什么很重要的事，我只和他聊几分钟。"

　　一阵沉默，酒馆老板显然把传唤转达给了大学左轮手枪射击场的看守乔德克罗夫特中士。

"好吧。非常感谢。"沃普兰斯顿松了一口气，挂上了电话。"他马上就来了，估计几分钟就能到。"

布拉姆利瞥了一眼钟，看了看时间，两个人仍在默默地抽着烟，布拉姆利继续抽着烟斗，沃普兰斯顿则兴奋地抽着香烟。"你在剑桥待的时间很长吧？"布拉姆利的语气是讽刺的，他看了看钟，注意到从他的同伴在电话里传达消息到现在已经过去了一刻钟。

"我敢说，乔德克罗夫特又喝了一杯，好让自己打起精神来。他不知道我们要找他做什么。他是个遵纪守法的公民，根据我的经验，当警察追踪他们的踪迹时，他们总是比真正的骗子更坏。"

在沃普兰斯顿许诺时间结束后，又过了二十分钟，中士终于现身了。为了一开始就减轻客人的怀疑，布拉姆利急忙把装着子弹的小纸板箱放进口袋里。来访的人不知道这次谈话的主题是什么，这倒也不错。毫无准备的证人比那些受过训练的证人，以及对他们将要被询问的问题有一些想法的人更有价值。如果他们有时间考虑可能被询问的主题，他们就有可能根据自己的第一反应来修饰自己的回答。

"乔德克罗夫特中士要见您，长官。"

乔德克罗夫特中士被领了进来。他完全符合布拉姆利想象中的样子——身材中等，头发灰白，胡子凌乱。中士的脸是圆的，略带紫色，神情愉快，布拉姆利估计他的年龄在五十到六十之间。中士有一副挺直的身躯，但由于他的肚子已经凸起，他的身材也因此受到了影响。中士在服役期间忍受了那么多的艰苦，现在可以靠养老金和一份轻松的工作过着舒适的生活。

乔德克罗夫特中士满腹狐疑地打量着这两位警官。但他最不信任的还是那个他不认识的伦敦人。

"请坐，乔德克罗夫特，请坐。让我来介绍一下，这位是来自伦敦的布拉姆利总督察。"沃普兰斯顿情不自禁地加重了最后两个音节，并看到它们所产生的效果。

布拉姆利和蔼可亲的态度起了作用。布拉姆利记得在许多类似的场合他听过的一些不错的军中故事，这些故事对他很有帮助。三个人很快就愉快地聊起了除犯罪以外的许多话题。

"我很抱歉，大老远把你请到这里来，乔德克罗夫特先生，我应该说乔德克罗夫特中士。有一件小事，也许你能给我们提供一些非常有用的信息。"

布拉姆利的机智赢得了胜利，再加上来访者为了鼓励自己迎接即将到来的考验而多喝了一两品脱酒，使他完全放松了。布拉姆利脑子里最重要的问题被巧妙地提了出来。"乔德克罗夫特先生，您是位左轮手枪的专家。这里有把左轮手枪和一颗子弹出了点小问题。乔德克罗夫特先生，能好心地帮助它们吗？我们在这类事情上是外行。"

乔德克罗夫特中士开始侃侃而谈起来。他给他们讲他的工作——那些"年轻的先生们"有时会制造一些乐子；他有时不得不管制他们，不让他们拿他的"枪"出洋相。渐渐地，渐渐地，当乔德克罗夫特中士越来越受到信任时，真相慢慢浮出水面了。

他们都是绅士，都是朋友，这是可以理解的。他们谁也不想让对方惹上麻烦。但是乔德克罗夫特中士自己更需要警察的帮助。一周前有一场练习赛，是为比斯利之类的比赛做准备。俱乐部有二十四支左轮手枪，那天下午有十五支被投入使用。这场练习结束得比平时晚，在一些年轻绅士的劝说下，乔德克罗夫特中间只离开了一次。有些学生为了回报额外训练和中士的热心帮助，请他到甲壳虫韦奇酒馆玩了一会儿。

"嗯，你知道，要拒绝他们是多么困难，他们在某种程度上说服了我。说实话，我确实去了，而且，这是朋友之间的事，请注意，其中有一两个人确实是我的朋友。你可能还记得吧，那天下着雨，我穿着雨衣来到靶场。当我去甲壳虫韦奇酒馆的时候，我没有费心去锁俱乐部的门，因为只有几步路的距离。你看，钥匙就在我雨衣的口袋里。我现在明白了，我犯错了，而且大错特错。我在走之前没有费事去锁门，只有一两分钟，我想等工作完全结束后再锁门。"

故事就这样漫无边际地讲下去，越讲越接近那不可避免的真相。

　　"事实是，当我回去检查左轮手枪时，有一把枪不见了。那是韦伯利军队惯用的样式，枪管上刻着16号。从那天到现在，无论我怎么努力，都找不到它，我也弄不清楚是谁拿走了它。当然，也可能是俱乐部里的某一个人。他们没想到做那样的事会给我带来很多麻烦。但我更倾向于认为可能是我们出去的时候，溜进去的人拿走的。我发誓，当我离开去酒吧的时候，靶场是没有人的。没有和我一起去酒吧的绅士们已经回家了。"

　　乔德克罗夫特中士已经说到点子上了，无法回避问题了，开始滔滔不绝，布拉姆利已经从证人那里得到目前想要的信息，他需要和同事讨论下今天的发现，因此想办法结束了客人的拜访。最后，怀着和新朋友相处得比以往任何时候都愉快的心情，乔德克罗夫特中士被说服离开了警局，两位警官都松了一口气。

　　"谢天谢地，一切都结束了。为了犒劳一下自己，我们去甲壳虫韦奇酒馆怎么样？我希望我们的朋友会回到麦穗酒馆，让老板相信警察是他的朋友，而不是敌人。"

　　沃普兰斯顿伸手去拿他的帽子。"我想我们值得去喝几杯。"

　　"全票通过。我今晚就在这里过夜，明天早上我们也许会发现看大学左轮手枪俱乐部的成员名单比看板球决赛更有趣。"

手枪俱乐部

第二天清晨，总督察布拉姆利就来到了警察局，打断了代理警察局长沃普兰斯顿的工作。沃普兰斯顿正在仔细阅读大学左轮手枪俱乐部的成员名单，那是昨天晚上从秘书那里得到的。

通过名单可以看到，会员人数已减少到三十三人。乔德克罗夫特中士答应今天上午来这里，看看是否能够在检查名单的过程中，提供他认为值得向警方提供的有用信息，帮助他们进行困难的调查工作。

"早上好，沃普兰斯顿。"布拉姆利看上去和前一天一样精神抖擞、兴高采烈。他习惯了神秘和谜题，这些很少能干扰他的睡眠，不论可能发生的问题有多重要。他总是坚持认为，让事情折磨他、干扰他的休息，会让他很难在第二天早上提供有效的服务，这是他作为一名侦探的职责。

沃普兰斯顿却不是这样，突然强加给他的责任和剑桥谋杀案新问题所带来的双重压力，快把他压垮了。他脸色苍白，疲惫不堪，眼睛下面有了黑眼圈。

"在我们谈左轮手枪的事之前，"布拉姆利说，"我还想告诉你一件事。我告诉办公室的人把我的东西寄到这里的警局，因为我不知道每天早上第一件事是什么。"他挥动着一个大的书信纸信封。

"今天早上发现了一件事。能让我孤身一人，任我自行其是的情况可不多见！"布拉姆利说话的时候眼睛里闪烁着光芒，沃普兰斯顿很羡慕他的心态，因为他能在如此重大的问题面前始终保持乐观。

布拉姆利暂时没有再说什么，而是尽可能舒适地坐在温莎式样的椅子上，这把椅子是给警察局长办公室的来访者使用的。他拿出烧得伤痕累累的烟斗，忙着进行一个重要的仪式——把它装满，点燃。与此同时，几缕点燃的烟灰落在他刚刚放在桌上的文件上。信封开始冒烟。

"我真是个粗心大意的家伙！几乎把整包文件都弄得灰飞烟灭了——不管怎么说，如果我们的调查没有比以前更成功、更幸运一点的话，事情很可能就到此为止了！"布拉姆利放声大笑，从信封里抽出一封厚厚的公函，"这些殖民地的家伙比我想象的要聪明一些。他们还没来得及收到这里寄出的信，就已经回复了电报。"

"看来是这样。"沃普兰斯顿看着那份很厚的文件说。

"这不是一封信。自从教授受伤以来，还没来得及寄邮件回来。这是西非和伦敦之间传送的电报的副本。"

沃普兰斯顿有些恼火，他几乎忘记了韦奇伍德·坎伯利教授的那次事故，以及它与剑桥悲剧的关系。现在，当他有机会继续处理左轮手枪和谋杀他长官的事情时，他的同伴布拉姆利却后退了几步，回到了另一件事上，但他仍认为，这件事与手头上的其他重要事情关系不大。

"因为这是总部发来的，显然他们认为这很重要，所以我一定会先关注它。乔德克罗夫特来了吗？"

"还没有。"沃普兰斯顿疲倦地回答。

"那就更好了。至于左轮手枪的事，以后有的是时间谈，那应该不会花太长时间。"

沃普兰斯顿对布拉姆利表面上的冷漠感到吃惊。就在几天前的晚上，面对帕克台所发生的案件，他禁不住想，这件事应该优先于其他案件，并且布拉姆利已经得到指示要帮助他——但试图说服这个伦敦人是没有用的。

"我不知道这是什么，直觉或者随便你叫它什么。但我忍不住想，除非我们进一步了解很久以前发生的那些事情的真相，否则我们对迪卡普特被杀的侦查工作不会有太大的进展。你可能会说，一个侦探谈论直觉之类的东西是很愚蠢的，但是，如果不是偶然冒出灵感，我们很难取得很大的进展。"

沃普兰斯顿认为布拉姆利是在浪费口舌和消磨时间。夏天的剑桥是一个非常宜人的地方，尤其是一些不是终年住在这里的人的话。毫无疑问，这位伦敦人很乐意离开他沉闷的伦敦办公室，在这里住一两天。但沃普兰斯顿不想把自己的怀疑暴露出来，以免得罪布拉姆利。"我觉得你比我更清楚。一般说来，在这种地方，侦探是没什么事情可干的，再说，我也不想装成侦探。我不属于当地的犯罪调查部门。"

布拉姆利二话不说，把文件摊在面前，开始说话了："爱德华维尔警方已通过电报，提供了去年向秘书处申请护照前往英国的所有非洲人的姓名。名单上大约有五十个名字，包括卡拉瓦和庞波利。加德满都的地区专员——年轻的伍德沃德，据称已经确认了教授注意到的那个人。一天夜里，韦奇伍德教授半睡半醒地躺在行军床上，在他还没有适应的炎热中辗转反侧，那个人企图通过开着的窗户向教授开枪行凶。他的本名叫阿布·博卡里，正如教授在给他女儿的信中所说，阿布·博卡里在前一年的某个时候去了英国，接受利物浦的商业培训。伦敦警察局已经同从西非发来的电报中提到的那家公司取得了联系，毫无疑问，阿布·博卡里确实到那公司工作了，从八月到十月初一直在那里工作。然后他就神秘地消失了。他并不是一个特别能干的学生，对自己的工作不感兴趣，经常受到斥责。事实上，公司已经写信给他父亲，让他父亲注意到这些事实。他购买物品的分期付款汇款单，每两个星期就会准时寄过来一次。阿布·博卡里已经对某种服装有了一种嗜好，对于他的职位而言，这种服装过于昂贵了。一个来英国学习的学生，却将金钱花在与学习的内容一点关系也没有的东西上，经理以友好的方式向这位年轻人提出了建议。但阿布·博卡里对这种批评很不满，在十月初的一天，他不辞而别离开了公司。警方调查了他的住处，但无法追踪到他的下落。他付了一个星期的房费后，没有告诉房东太太他不打算回来，就潜逃了。全国每个警察局都接到利物浦的询问，要他们报告一个持有老几内亚护照的黑人，阿布·博卡里按照《外国人法》申报了自己的身份，但没有收到任何一份报告表明他曾公开自己的身份。

"看来他很可能是换了一个名字，躲到某个乡村地区去了，那里的警察不像大城市那样严格执行《法案》的规定。"

"我们这儿有那个通告。"沃普兰斯顿遗憾地说。他还记得为确定年轻的非洲人在学院本科生中的身份，他的工作人员所做的努力。

"这一切对我来说都很可疑，"布拉姆利说，"一个不明身份的非洲人在这个国家游荡，他同乡的两个家伙恰在此时在剑桥被杀害。接

159

下来他又出现在非洲，他发现自己所仇恨的教授也在那里。韦奇伍德教授对黑人的偏见是众所周知的，大约在这两个黑人大学生被谋杀的时候，教授又陷入拥有枪支的误会之中。当然，这一切都只是猜疑。我们不能肯定地把利物浦的那个年轻人和教授告诉他女儿自己在凶案当晚看到的那个年轻人联系起来——就是你们警察在卡拉瓦被杀后看到在布鲁克赛德闲逛的那个年轻人。但奇怪的是，居然有人在加德满都看到了他。这是在教授遭到枪击，差点被杀死不久之前的事情。"

沃普兰斯顿承认这事很奇怪：任何人都很难不做出这样的推测。但在他看来，这一切似乎是一个充满猜测和虚构线索的混乱局面，一点也不像他已经习惯的、稳定的、可预期的警察工作。

"但这一切与克莱斯顿昨天在平底船里发现的子弹有什么关系呢？又跟我们昨天调查乔德克罗夫特所在的那个左轮手枪俱乐部有什么关系呢？"

"让我帮你整理一下思路，"布拉姆利温和地说，"我不知道事件的前因后果，你也不知道。但这是我的工作，也是你的工作，试着把这个拼图弄明白，如果可以的话。我想这绝不仅仅是巧合，突如其来的犯罪浪潮在剑桥爆发，并延伸到非洲，而剑桥的韦奇伍德教授恰好就在非洲。从你和其他人告诉我的关于韦奇伍德教授的事来看，尽管他有种种怪癖，但他不像是那种只会胡思乱想的人。你已经看到了他寄给他女儿那封信的副本——那年轻的女士亲自给我们送过来的。更加奇怪的是，他从来没有去过非洲。在一个新来者眼中，这个地方所有的黑人都长得一模一样，他竟然在巴里或不管他们怎么称呼的地方，发现了这个家伙，并立即将他与事发那晚在布鲁克赛德看到的那个人联系起来。"

"嗯，这一切都很令人费解，"沃普兰斯顿说，他的表情和他的话一样充满困惑，"不过你可别忘了，乔德克罗夫特随时都可能到这儿来，我们得把心思放在左轮手枪和平底船里的子弹上。"

布拉姆利坦然地接受了指责。他的思绪已经飘走了，他所关注的事情已经远远超出了他的预期。

"当然。只是我已经牢牢地记住了这一点，最终我们会发现，所有这些东西都是以某种方式联系在一起的，所以我把这些东西看作是一个整体，或者更确切地说，我把所有的拼图都看作是整体的一部分，总有一天，当我们走上解决方案的正轨时，它们会组成一个连贯的故事。"

勤务兵进来了。"乔德克罗夫特先生想见您。"

沃普兰斯顿问布拉姆利是否准备去见乔德克罗夫特中士。

"早上好，先生，早上好，沃普兰斯顿。"乔德克罗夫特中士从说话的方式来区分这位伦敦来客和当地的代理警察局长，他看到沃普兰斯顿明显地表示不满。乔德克罗夫特要维护自己的体面，因为沃普兰斯顿派来的警官有点唐突无礼，他决定要报复一下。

"坐下吧，乔德克罗夫特。"沃普兰斯顿反驳道。他知道这位客人并不介意他名字的前缀是"先生"还是"中士"，但除了他的密友以外，没有人喜欢这种赤裸裸的称呼。

"早上好，中士。"布拉姆利巧妙地叫道，"今天早上关于左轮手枪的事，我们非常需要你的帮助。"

中士非常得意地笑了。"凡是我能做的事，我都非常高兴效劳。我自己也当过政府官员。坦率地说，我现在还在领退休金。"

布拉姆利从口袋里掏出大学左轮手枪俱乐部的成员名单。"当然，中士，没有您的帮助，这名单对我们毫无意义。对我们来说，科珀斯的史密斯和三一学院的琼斯是一样的。不过你应该能给我们提供一些线索，也许能帮到我们。"

乔德克罗夫特中士自视甚高，但又谦虚地表示自己对警察工作贡献有限。他内心也有一种负罪感——如果他昨天晚上承认的那个过失没有发生，警察的工作也许不会因为寻找那个拿走左轮手枪的人而变得复杂起来。

在寒冷的晨光中，没有了几品脱上好麦穗酒的刺激，他在警官面前的表现不像昨天晚上那样信心十足了。但布拉姆利似乎很友好，毕竟试图阻挠伦敦警察厅的侦探对自己没有任何好处。

"你只要告诉我你想要什么，你认为我能帮上什么忙，我都会坚决照办的。"再拐弯抹角也没有必要了。

"中士，追查那个带着 16 号左轮手枪逃走的人是很重要的。你有没有想过，或者有没有怀疑过，这人可能是谁？"

乔德克罗夫特中士显得有些惊慌。他的罪过终于要被揭露了吗？到目前为止，他已设法避免了因为他的不作为而产生的任何不愉快后果。只要给他一些时间，再用一点点智慧，向俱乐部里的几位年轻的先生们提出一些明智的问题，他也许能把那些可能的人哄骗出来。除非——当他意识到自己思想的含意时，他的血都凉了。拿走它的那个人是为了某种罪恶的目的——除非那个人真的就是两天前在帕克台杀害警察局长的那个人。直到此时，乔德克罗夫特才明白他的小过失可能造成的全部后果。在场的不仅是代理警察局长，还有一位来自伦敦警察厅的著名总督察，他们的职责是毫无畏惧和不偏不倚地查明与犯罪有关的每一个细节，只要他们实现了追踪到肇事者的目的，他们对可能涉及的任何证人都不承担任何后果。

乔德克罗夫特真是进退两难。如果他们要求他自愿提供帮助，他却表现出不愿意，他们就会怀疑他。他可能在事实发生之前或之后被视为从犯。如果他屈服于他们的问题，那么所揭示的真相可能对他同样有害。他可能会被送上法庭，可能会被迫当众认定自己的玩忽职守问题，从而失去一个足以弥补他微薄的军队养老金的职位。

今天上午，乔德克罗夫特决心尽可能表现出乐于助人和大有用处的一面。如果他设法取悦了布拉姆利，就有可能避免更糟糕的后果，这样的话，他在追捕凶手的过程中所承担的责任，也有可能被隐藏在警方的秘密档案中。乔德克罗夫特搔了搔脑袋，紧张地扯着他那凌乱的胡子。特许经营的酒馆在这个时候还没有开门。他本可以及时从家里存放着的"以防生病"的白兰地酒瓶里喝上一两口。然而，覆水难收。他必须在不使用人工兴奋剂的情况下尽可能地完成他的目的。

"那天有很多成员在那里，看到这个团队的人或多或少被选中了。"

虽然这是真的，但乔德克罗夫特知道这有些闪烁其词。如果可能的话，他想试着弄清楚这位侦探的思路是怎样的。

"你的意思是说，你发现很难记住当时到底有谁在那里？"

乔德克罗夫特点点头。"除了那四五个带我去甲壳虫韦奇酒吧的年轻绅士。"也许他的发言会被接受，他就不会再被追问了。但布拉姆利的下一个问题使他的希望破灭了。

"但如果名单上的人是对的，俱乐部里的人总共不会超过三十人。我想他们不会都在那儿吧？"

"不，他们没有。我确实记得。"然后，乔德克罗夫特叹了口气，迷惑不解地用手摸了摸额头，觉得自己非说不可了。"我想，"他说，"我也许能回忆起一些往事。"

布拉姆利拿出一支铅笔，准备在面前的名单上勾出乔德克罗夫特可能提到的名字。护送乔德克罗夫特到酒馆去的那五个人的名字是：圣约翰学院的霍塞尔和格林布里，三一学院的威斯菲尔德和牛顿，凯斯学院的彼得。西德尼学院的"蓝色奔跑者"查尔科特和其他人一起来了，但是他只到了甲壳虫韦奇的门口。

经过苦思冥想，乔德克罗夫特又想起了另外六个人的名字：特拉弗斯、彼得豪斯、弗林德斯、史密斯、哈珀、塞尔温，还有一个来自唐宁的法国人，这个法国人的名字他不会发音，但他相信是类似杜邦的（发音）。他绞尽脑汁，因为他已经记不住其他的了，于是布拉姆利用铅笔核对了一下名单。

"已经有十三个人了。你想不起来其他人了吗？"

"不，恐怕我想不起来了。"乔德克罗夫特相当肯定。

"对于夏季学期来说，这是一个相当不错的机会。我敢肯定，我把它们全弄到手了。"乔德克罗夫特松了一口气。

有人敲门，勤务兵拿着几封信和一个包裹进来，放在沃普兰斯顿的桌子上。"你好，你的生日？"布拉姆利说，眼睛盯着包裹，现在他已经得到了一些他可能开始调查的信息，所以他想放松一下。

"不是我的，"沃普兰斯顿说。他瞥了一眼包裹上的邮戳，里面似乎有一个普通鞋盒子大小的盒子，"我想是伦敦警察局寄来的。我没有把我的私人物品送到警局。"他拿出一把铅笔刀，把绳子剪断，开始拆开里面的牛皮纸。

"好吧，乔德克罗夫特先生，我想我们暂时不打扰你了。我在哪里可以找到这些年轻人的地址？我可能得询问他们所有人。"

乔德克罗夫特的心又沉了下去。他最终会被带到这件事更本质的地方：他最担心的事情正在发生。"这份名单只提供了这些人所在的学院，但是学校公布了一份住宿清单。我家里有一份，我会帮你找找看。"

乔德克罗夫特正要告辞，这时沃普兰斯顿已经打开盒盖，拿出一个用薄纸包着的看上去很重的东西，开始剥去包装。

"可能是炸弹什么的，最好小心点。"布拉姆利调侃地说。令他吃惊的是，沃普兰斯顿惊叫了一声，把东西掉在了地板上。

"我的上帝！"沃普兰斯顿大叫一声。布拉姆利和乔德克罗夫特望着他，想看看是什么使他惊叫一声。当他们看到原因时，也说了类似的话。

因为包裹里装的东西是一把军用韦伯利左轮手枪。

复仇联盟

"我向您保证，我完全没事。"韦奇伍德·坎伯利教授的语气十分坚定。但是他那苍白的脸和那深陷的眼睛，证明了他所说的话是违心的，"我是根据大学的要求来到这里做某些工作的。在工作完成之前，我有责任留在这里。我的伤口已经完全愈合了，医生是这么说的。躺在这里对我弊大于利，而且对你和所有对我这么好的人都是个麻烦。"

地区专员伍德沃德认为，再想哄劝教授放弃远征，返回英国是徒劳的。他钦佩教授的敬业精神，尽管他也担心教授的出现会使他所在的辖区出现混乱。他觉得无论是出于私心，还是出于公心，都要对政府客人的安全负责。他已经决定，在没有武装护卫的情况下，教授不允许进入这个国家的腹地。

作为一位地区专员，伍德沃德正在忙着平息两位酋长之间发生的争端，所以他自己的警察部队已经精疲力竭了。为了维护自己的管理及酋长会议期间秩序的稳定，他已经动用了自己大量的警力。毕竟人们情绪激动时，总是有可能发生骚乱。

"我要做的工作刚刚开始。我想对这些部落和民族进行适当的人类学调查，我需要拿出一些时间来研究他们生活的国家和他们生存的条件。我只能这样做，在我们早些时候关于这个问题的讨论中，你同意我在这一点上的看法。在你好心安排给我的翻译的帮助下，我至少要去访问十几个村庄，与不同类型和不同职业的人进行足够数量的采访，才能完成我的行程计划。"

韦奇伍德教授刚说完，突然咳嗽起来。那天晚上，他躺在招待所的行军床上睡觉时受了伤，幸好只是轻微的伤。但这对他的肺造成了一定程度的损害。在欧洲，情况很快就会好转，但在西非，尤其是他打算在灌木丛度过下个月甚至更长时间，那就很难好转了。专业的护理和照料是不可能的。当他留在伍德沃德的驻地加德满都时，他得到了当地医生的照顾；他被安置在伍德沃德欧洲式样的混凝土平房里，那里相对还是比较舒适的。

伍德沃德意识到，如果他要改变教授的决心，他将不得不采取其他策略。

"先生，在您卧病在床的时候，我不想让许多可能妨碍您康复的事情来打扰您。但事情有一些进展，我想我现在应该告诉您。我觉得，没人会觉得那天晚上想伤害您的那个人是一个普通的小偷。这个国家的小偷在作案时是不用枪的。他们想要不引人注意地完成任务，即使不成功，他们也会尽可能地不让别人注意到自己。

"无论如何，如果那家伙只是想偷您的东西，就没有必要开枪。您的小屋门是开着的，而在走廊上值班的警察肯定不会承认自己睡着了。那个想要谋杀您的家伙——那当然是他的目的，也会很清楚这一点。如果他只是想偷您的东西，他有什么必要在您躺在床上的时候，从开着的窗户瞄准您呢？那就毫无意义了。即使是这里的土著也不会做这种蠢事。您没有任何物品被偷，我们都知道。如果他碰到了什么东西，然后您被惊醒了，他就有可能朝您开枪，以阻止您发出警报。但到底发生了什么？他开的那枪实际上发出了警报——吵醒了警察，让我和更多的人跑去看看发生了什么事。"

韦奇伍德教授坐在伍德沃德家阳台上的那把马德拉式长椅子上，倚着靠垫，面无表情地听着，一言不发。他不喜欢年轻人那样对他说话。尽管他内心不得不承认，伍德沃德说的话似乎很有道理。

"当您告诉我您在巴里见过那个人——那个人使您想起了在那两个

非洲人被谋杀的那天晚上您在剑桥见过的一个人时，我派人进行了调查。我们知道他去年去了英国，国内的警察一直在追踪他。他在离开利物浦后改了名字，目前还没有关于他如何离开英国并回到这里的消息。他可能伪造了护照，这并不困难。既然战争已经结束，警察就不太善于调查这些问题了。不管怎样，由于英国警方没有发现这个人的踪迹，我们可以假设他确实找到了回来的路。他可能在法国港口登陆，或者在利比里亚，然后越过边境回到了老几内亚。这样做会带来很多麻烦，比如走私烈酒和持无证枪支进入这个国家。"

伍德沃德停了一会儿，看看他的话对听者产生了什么影响。但韦奇伍德教授一直在专心地听着他的叙说，丝毫没有表现出不安。

"当然，您不会忘记，您确实见过一个被谋杀的人的父亲。这里的一些人，就像世界上所有的乡下人一样，闲言碎语，胡言乱语。事实上，比想象中还要严重。他们不会读也不会写，所以他们只能通过口口相传来获取信息。您知道一个叫'俄罗斯丑闻'的游戏吗？他们以前在家里的派对上经常玩这个游戏。您知道一个谣言是如何形成的吗？它从一个嘴巴传到另一个嘴巴，由不同智慧和观察力的人互相传递而成，像雪球一样越滚越大。您从来没有掩饰过您的想法：有色人种去英国大学接受教育是不明智的。所以这些人会得出这样的结论：您恨他们的种族——仅仅因为这是他们的种族。"

韦奇伍德教授大度地笑了笑。这位年轻人，正竭力为自己的理论辩护。当然，伍德沃德会为自己比教授更了解这个国家的当地人而感到自豪。这是一个颇有争议的观点。教授一生中大部分时间都在研究人类学，特别是研究黑人种族。教授所知道的至少和一个只在非洲待了一年左右，在那里做行政工作的年轻人一样多；而且从实际经验来看，伍德沃德所知道的只是他被派驻到这个伟大大陆上的一个极其微小的部分。遗憾的是，教授曾向伍德沃德提起过他的怀疑，说他那天早上在巴里看到的那个人，跟他在剑桥大学冬季学期在布鲁克赛德附近看到的那个人非常相似。公众对这件事仍然记忆犹新，新闻界在迫切需要其他耸人听闻的消息时，也不时提起这件事，他向伍德沃德提出了各种各样的进一步的推测。但是现在他不愿意去验证伍德沃德所说的内容。

"那么你的理论，"韦奇伍德教授说，"就是这样。这里的人，包括卡拉瓦的父亲，都认为我对他们的种族有偏见，以至于我甚至杀害了至少一个老几内亚本地人，因为他冒犯了我对黑人在剑桥读大学的想法。"他面带微笑，等着回答。

"我知道这对您来说听起来很可笑，但这里会发生很多事情——任何从未来过这里的人都不会相信会发生的事情，比如人类豹协会。

"他们中的一些人坚信，某些人可以把自己变成豹子，当他们以这

171

种方式改变时，可以杀死他们的敌人。我曾经处理过一些这样的案件，相信我，他们确实这样干过，虽然我不会说我自己也几乎相信了，但我很容易就能看出，没有受过教育的、愚昧无知的、迷信的人是如何把这种想法固定在脑子里的。所以，那些相信会变成豹子完成谋杀的人认为，当一个憎恨黑人的英国人在自己的国度遇到黑人时，他能够把他的厌恶发展到谋杀黑人的程度。"

韦奇伍德教授是很难被说服的。伍德沃德冷静地思考了一遍，对教授不愿接受自己的理论作为事实并不感到惊讶。

"我从今天早上的《路透社》得知，剑桥的警察局长在帕克台被发现死亡了，显然是被谋杀的。凶手用的是一把左轮手枪。你也要把这事和我联系起来吗？在我看来，这就像试图表明，在这里的招待所对我的攻击与我对接受黑人到剑桥或牛津读书的看法有关系一样！"

伍德沃德沉默片刻，没有回答。他不知道该怎么说。在他来到海岸之前，就有人告诉他关于当地秘密社团的各种各样的故事，他们的分支机构和权力。但他一直都明白，他们是在当地人中活动的。据他所知，白人还没有成为他们阴谋诡计的对象。但是对韦奇伍德教授的攻击，以及与剑桥谋杀案有关的一系列事情，多少动摇了他以前的想法。当这个国家的人民处于欧洲势力范围之外的时候，当他们把白人视为追逐对象的时候，他们不敢用黑人之间的手段来对付白人。但非洲人在许多领域都取得了进步，特别是在过去几年和战争期间，非洲军队与白人接触密切。在殖民地政府的各个部门，无论是技术部门、财务部门、行政部门还是其他部门，都能找到非洲人，而且很容易就能发现黑人精通无线电和无线技术，跟英国从事类似工作的人一样。他们可以开火车、修理汽车、当医生、在法庭上担任律师，甚至在许多国家的法庭上也出现了黑人法官。不需要很大的想象力，就可以知道：他们当中一些更有进取心的人，决定采用他们自己特有的方法来报复和惩罚白人，因为这样或那样的原因，这些白人被认为应该受到惩罚。

"我知道，先生，"伍德沃德最后说，"您会认为我很愚蠢。但暂时撇开被谋杀的警察局长的案件不谈。这可能与其他事情有关联，也可能与其他事情没有关联，我不会立刻排除这样的想法——那就是对您的袭击，以及对卡拉瓦和庞波利的谋杀，这一切背后有某种东西可能是联系在一起的，但是我们现在还没办法证明这一点。当然，您可能会争辩说，那些已经从欧洲教育中获益，并且学习了所有与本国生活相差甚远的科学、机械等知识的土著人，会放弃他们固有的迷信。但有一些案例，还是相当近期的案例证明，情况并非总是如此。

"我读到过一个发生在西非殖民地的案件。就在不久以前，那里发生了很多神秘的豹子犯罪，那是人类豹子协会犯下的谋杀。当这件事被调查后，整个案件在法庭上被妥善地解决时，才发现麻烦的根源，也就是整个事件的策划者，是一位酋长的儿子。他小时候被一些美国人作为基督徒教育，甚至被带到美国。他在那里的某所大学获得了神学学位，还担任了神职人员。完成学业后他回到了非洲。他的父亲，也就是酋长，不久就去世了，他被选为酋长，代替他的父亲当了牧师，并在他自己的领地里做传教士。他成了这个国家的统治者。尽管他受过良好的训练和教育，他的祖先——或者随便您怎么称呼，对他来说还是影响太深了。他被他的家族所属的豹子协会的成员说服，参与了各种可怕的犯罪和谋杀，最后被抓了个正着。虽然没有直接证据证明他犯罪，但他同谋的证据如此有力，以至于他们能够以某种罪名拘留他，并判处流放。据我所知，如果他还活着，他可能还在流放的地方。"

韦奇伍德教授一直在听伍德沃德说话，没有打断他。然后他清了清嗓子，喝了一口旁边的酸橙饮料，缓慢地点了点头。

"我自己也听说过这种情况，是在调查另一件事情的时候偶然发现的。但我不太明白这是否合适。我承认，如果是在美国，这个年轻人重新发展了他祖先的同类相食的本能，并开始在美国犯下谋杀罪，那是有一定道理的。但他没有，直到他回到非洲，在他自己的家乡才被血腥的欲望——或者随便你怎么称呼它——征服了。我很能理解。在这个案件中，谋杀发生在英国。的确，由于警察多管闲事，说我有一支左轮手枪，却没有去领执照，所以在那件事发生后不久，我的名字就因当地的流言蜚语而出名了。同样，我也毫不掩饰自己的观点，认为剑桥大学不适合非洲人，或其他有色人种接受培训和教育。但是，像你的塞拉利昂朋友这样的人，因为你提到的事件就是在那里发生的，这个人对白人事务有着高度的了解、接受白人的训练，并且关系密切，如果他相信关于我的传闻和故事，那他会不会是一个傻瓜？"

伍德沃德疑惑地摇了摇头。"我在这里工作的时间不长。坦率地说，我不了解本地人的思维方式，而且我不相信其他任何白人会这样做，或者打算这样做。"

"我认为，"韦奇伍德教授说，"你想得太远了。如果你说的是真的，那我的整个人生事业，我来这个国家的目的，就都无关紧要了。不，先生，我已经深陷其中了，我必须干下去。如果你的怀疑是对的，那我就得拿自己当诱饵；如果对我的攻击是基于你所说的动机，那我就更有理由留下来了。随后发生的事件可能会证明它的真实性。如果事情果真像你所说的那样，像你所想的那样，那我们一定能够证实你的假设，请你想一想，我们将为同样的研究找到一个多么宝贵的起点呀。"

韦奇伍德教授神秘地笑了笑。"我们在这里负重前行，甚至可以解开剑桥谋杀案之谜。"

伍德沃德看出，跟教授讲道理是没有用的。为了确保教授离开这里，或者到达相对安全的殖民地首都，他所能做的就是向殖民大臣发送一

175

份机密报告，希望当局会采取必要的行动，使教授相信继续在这个地区逗留是徒劳的，甚至是有人身危险的。由于在大学宿舍丧命的大学生庞波利的父亲，出现在拜访的人员之中，让形势变得暗流涌动起来。

"哦，先生，时间不早了，我得去办公室了。如果我不能说服您改变主意，我将不得不订购您的车票了。在每年的这个时候，人们都在照料他们的水稻作物，要得到黑人的配合有点困难——尤其是您需要这么多。但我会看看我能做些什么。"

韦奇伍德教授感谢了伍德沃德。他已经达到了自己的目的——这位统治着这个地区的年轻人不再反对他了。

伍德沃德拿起他的帽子，正准备打开前门，这扇门通向从平房到地面的一段台阶，这时传来了敲门声。

伍德沃德答应了一声，门就开了，一个精干的勤务兵走了进来，光着脚踏在光亮的木地板上，重重地敬了个礼，递给他一封信。"这封信，是给教授的。"

伍德沃德从那人手里接过信封，递给韦奇伍德教授时，注意到信封是挂号的，地址是用不整齐的大写字母写的。"你是怎么收到这封信的？谁来签收的？"

"长官，邮局寄来的信在你包里了。"

伍德沃德把勤务兵打发走了，正要走下台阶。

"请等一下，伍德沃德。"韦奇伍德教授打开了信封，带着明显的兴趣读着里面的内容。伍德沃德注意到他的手在发抖。一两分钟后，韦奇伍德教授读完了他的信。然后，教授干笑了一声，把它递给了对方。

"哈！读一读吧，我想这是个恶作剧。我希望你没有拐弯抹角地用这种方式吓跑我。"韦奇伍德教授试图在他的话中加入嘲弄的语气，但他的眼神就足以告诉伍德沃德——他被激怒了。

伍德沃德放下帽子，拿起那张纸，坐在刚刚离开的椅子上，开始读起来。那是一张字迹潦草的公文纸，一角参差不齐，仿佛是被一只笨拙的手从另一张纸上撕下来的。纸上的字是用褪了色的廉价棕色墨水写的，而且都是用工整的、不完整的大写字母写的。

曼度

1935 年 6 月 15 日

先生：

你从我们手里逃脱了一次。我们不止是一个人，我们有许许多多的人。布里玛·卡里夫酋长对我们的所作所为没有任何责任。他不知道我们是在为他儿子报仇。但他知道，就像我们大家都知道的那样，在英国即使你没有亲手杀死他的儿子庞波利和另一个年轻人卡拉瓦，但是我们也在英国的报

177

纸上读到，我们也听到其他白人说，你不是黑人的朋友。你想把他们都赶出你的国家。庞波利和卡拉瓦都不会离开的，他们是学者，他们想要学习知识。这就是为什么在他们父亲的资助下，他们去了剑桥大学。但你恨他们，你想杀了他们。即使你没有，如我们所说，你也是作为幕后黑手，亲手杀了他们。在庞波利和卡拉瓦被杀的那晚，我们有一个人看到你。你就在附近，即使你不是凶手，你也知道是谁干的。当那个年轻人被袭击时，你什么也没做，你只是袖手旁观，你想让他死。你来到黑人的国家，你以为因为你是白人，所有白人都认识你，政府保护你，你就会安全。你这一次能逃过一劫，是因为我们做的事不够谨慎。现在你再也逃不掉了。如果你还想再看到剑桥，现在就回去吧。

　　　　　　　　　　　　　　——一群邪恶的人。

清新气味

装着韦伯利左轮手枪的神秘包裹的到来，并没有让代理警察局长沃普兰斯顿和总督察布拉姆利的处境变得更容易。乔德克罗夫特中士经过检查，断定这把枪是从大学射击场丢失的枪支。他给警官们看了那清楚刻在枪管上的数字 16。为了使身份证明更加完整，在枪托上清晰地刻着一个大学的标志。

"我想我们应该检查一下它，看看有没有指纹？"

总督察布拉姆利摇了摇头。"我并不认为这会给我们带来什么。你可以看到，这东西在寄出来之前已经被彻底清理过了。"

布拉姆利用一张晨报，小心地举起武器，进行进一步检查。与此同时，沃普兰斯顿摇了摇箱子，想看看里面有没有能让人知道发件人身份的东西。但他什么也没找到，只找到一大堆裹着武器的薄纸，薄纸裹得很紧，武器在容器里既不能发出响声，也不能移动。

布拉姆利再次摇了摇头。"这东西已经被非常仔细地清洗过了。我想，中士，你自己也不见得能做得更好吧？"

乔德克罗夫特中士摇了摇头。事实上，这比他自己清理过的还要干净得多。

"当然，"布拉姆利接着说，"不能因为它看上去那么干净，就说明上面没有痕迹，在粉末下面也能找到。但我担心寄这包裹的人是故意清洗的，以防有什么线索牵连到自己。"

"他把它送来给我们，究竟是什么意思呢？我看他一定是个大傻瓜。也许是个逃跑的疯子。"沃普兰斯顿简短地说。

布拉姆利再一次表示不赞同。

"我认为，这是一个非常聪明的举动。那个人用这东西杀死可怜的警察局长迪卡普特。我们必须先推测一下，他非常清楚，罪犯要想拿着他们用来犯罪的工具逃脱是多么困难。虽然东西被洗过了，但是灰尘中却经常有一些有价值的线索。这些线索让很多凶杀罪犯被绳之以法。我个人认为，如果这东西是由杀了迪卡普特的人送给你的，那是件很聪明的事。我想每个杀人犯在作案时都会担心，如果凶器在错误的时间送到警察手里，可能会暴露自己——把绳子套在自己的脖子上。我想不出比这更好的处置证据的办法了，把可能沾在证据上的指纹取下来，然后直接送到追捕他的人手里，这样就不会有什么危害了。"

"我从来没有这样想过。"沃普兰斯顿说。

不幸的乔德克罗夫特中士看上去非常不高兴。他想到的是，当他的疏忽大意被人知道以后，会给自己带来怎样的后果——而不是由于他的疏忽在剑桥警察局局长被杀案中所造成的可怕后果。他认为除非他能做些有用的工作，协助警察把罪犯缉拿归案，否则他不太可能保住自己的工作。布拉姆利正在看着他，早晨的阳光从办公室的窗户射进来，照得他的脸闪闪发亮，完全看不出脸上有任何的精明和智慧。

"你说它是从伦敦寄来的？"布拉姆利说，"从哪个邮局寄出的？"

"在霍尔本的西中央邮局。"沃普兰斯顿仔细看了看系在包裹上的标签。从他加上最后三个字时的语气中，听者会感觉到他有什么精彩的发现。

"地址是怎么写的？手写的还是用别的方式写的？"布拉姆利问。

"这是印刷出来的。"沃普兰斯顿把标签交给了布拉姆利。

"嗯。不会给我们太多线索。"布拉姆利转而打量着乔德克罗夫特，"谢谢你，乔德克罗夫特中士，我想你不妨先去看看那天在靶场里的那些家伙。"他想，乔德克罗夫特为了他自己的利益，会尽其所能地执行这项任务。这件事最好首先由一个平民百姓来做，而这个人由于职责上的关系，有权提出这类问题。如果罪犯是当天使用该靶场的十几名大学生中的一员，并陪同乔德克罗夫特到酒馆，那么警方对他的怀疑可能比对乔德克罗夫特的怀疑要少。

于是，乔德克罗夫特满头大汗地告辞，急切地同意了布拉姆利的建议。

"我怀疑他究竟能做多少事。但我想我们最好在没有他的情况下对这个案子进行进一步的调查。他肯定会在麦穗酒馆一开门后，就去喝酒。他会觉得需要点兴奋剂。啤酒，就像葡萄酒一样，能打开人的心扉，在我们知道自己身在何处之前，各种流言蜚语就会传遍全城。"

沃普兰斯顿赞同地说："在一般情况下，他的底气就够了——甚至不需要几品脱酒水的帮助。"

布拉姆利放下牌子，抽出烟斗说："最直接的做法是与铁路工作人员取得联系，尤其是早班车发车时的值班员。他们比西中央邮局的工作人员更有可能注意到一些事情。包裹过一段时间就不再接收了。那个聪明到把这支枪直接送到警察局的家伙，也会有足够聪明的头脑，在附近只有几个顾客的时候，不会把它送到邮局。如果我的理论是正确的，他会在满是买邮票的职员、发电报的人、支付电话账单和在储蓄银行存钱的时候去那里。当然，他也可以去国王十字街或利物浦街附近的邮局。如果他是一个神经紧张的人，他会这么做的——他自然会想尽快摆脱这东西。但他并不紧张，而且很有头脑。所以他去了一个离火车站足够远的地方来转移人们对他的注意力。不行，我们要对付一个头脑冷静的对手，需要动用所有的智慧。"

对于沃普兰斯顿来说，这一切听起来都是那么轻松，对杀害迪卡普特的凶手的推测和凶手处理罪证的方式，布拉姆利提出了自己的见解，这让他不用太耗费脑力去想。沃普兰斯顿知道自己在侦探工作上也没多大用处，他从来就不是干这一行的。

"从表面上看，文字并没有帮到我们什么。"沃普兰斯顿又看了看标签。正当他这样做的时候，电话铃响了，他带着疲惫的神情拿起听筒。

"喂，请讲。早上好，奈特先生。是的，是的。当然可以，马上过来。现在有个伦敦警察厅的警官跟我在一起。是的，好吧。"

沃普兰斯顿放下听筒，用担心的口气对他的同伴说："那是《剑桥每日回声报》的编辑奈特·阿切尔。他说，他有我们感兴趣的东西，最好的办法就是亲自过来给我看看。他听起来很激动。"

"很好，"布拉姆利说着，搓着双手，深深地抽着烟斗，他的烟斗现在抽得很猛，比一向抽烟的沃普兰斯顿还要猛，"我在这里度过的日子越多越好。在他真的来之前，我们没什么可做的。三点三十分做点事情怎么样？"他拿起了那张在他拿过手枪后还完好无损的纸，"我想你认识一个离这儿不远的赌场吧？"

沃普兰斯顿懊悔地点头说："我认识的太多了。他们对我不太友好。我在这附近抓过的人可不少了，我从他们那里得到的钱多得要命——不管怎么说，都比他们从我那里得到的，或者将来可能得到的要多。"

令沃普兰斯顿大为欣慰的是，法庭工作人员进来讨论了有关今天上午正在开庭的警察法庭指控书上的问题。布拉姆利对不能出去赌马感到有些失望，但当沃普兰斯顿在和布拉姆利交谈时，他却通过研究报纸专栏中赛马预言家所描述赛马的形势来安慰自己。

他们的交谈差不多一结束，编辑就到了。奈特·阿切尔是一个面容锐利的年轻人，身材高大、机警，有一双记者特有的眼睛，似乎能立刻了解周围的每一个细节。但他今天早上并不是来"寻找信息"的，他是来提供信息的。向警官们的介绍结束后，他就直奔主题了。

"我知道你是指纹方面的专家。我敢说这个信封上已经满是分拣工和邮递员之类的指纹了。但是再小心也不为过，所有好的编辑都知道这一点！"奈特·阿切尔短促地笑了一声，从口袋里掏出一个大信封，又摇了摇另一个放在桌上，"我有些你可能感兴趣的东西，也可能不感兴趣。这也不是第一次有人想捉弄我了。编辑之类的人永远都是被攻击的对象。看看吧。"

奈特·阿切尔的话是对代理警察局长沃普兰斯顿说的，但是沃普兰斯顿向布拉姆利的方向点了下头。

"我看，"沃普兰斯顿说，"你还是把它送给布拉姆利先生吧，他比我更了解这种事情。"

布拉姆利急切地拿起那个较小的信封，抽出一张从孩子练习本上撕下来的横格纸。

"读一读。"奈特·阿切尔说，他的语气比一个编辑通常允许自己表现出来的还要激动。

布拉姆利读了起来。"还是用了大写字母，"布拉姆利说，"收件人是《剑桥每日回声报》的编辑。这儿有一张十先令的邮政汇票，并未说明是付给哪个人的。它是昨天在格雷学院路邮局发行的。"

沃普兰斯顿开始表现出强烈的兴趣。

"请在最近的一期中插入以下内容。随信附上十先令。我估计这足以支付成本。"布拉姆利慢慢地读着这段话，以便他的听众能跟上。这位匿名作者显然不知道报纸规定要有姓名和地址，但他希望编辑刊登这则信息：

> 所有相关的人（尤其是警察），请注意，将来所有想要进入英国大学的有色人种学生，你们这样做是危险的。警察和其他帮助及教唆这些学生的人，或者试图解释这些学生突然

死亡之谜的人，应该意识到他们将要面临什么。我们是正义的化身——我们很强大——我们是隐形的。

——最坏的一群人。

沃普兰斯顿放下了编辑给他的还没有点着的香烟。他先是目不转睛地盯着布拉姆利，然后又盯着奈特·阿切尔。

总督察布拉姆利把那张纸放回面前的桌子上，然后说："好吧，我真该死。"

缺失环节

在接下来的一两天里，代理警察局长沃普兰斯顿没有理由抱怨调查停滞不前。他开始思考，就像镇上几乎所有的人，以及全国所有追踪这起神秘犯罪的人一样开始思考，这两起针对有色人种大学生的奇怪谋杀案再次陷入僵局，警方不得不承认他们无法找到合理解释。

他的上司被杀，左轮手枪离奇失踪，以及左轮手枪归还时所经历的离奇情况，最后还有个报纸编辑给他们看的神秘信息，所有人都倾向于让他相信，他们对之前罪行的调查工作只是被打断了。如果不立即采取有效的行动，谁也不知道事情会恶化到什么地步。

总督察布拉姆利倾向于把这些谋杀归结为一个疯子的行为。但是事态的发展表明，这个疯子，如果这个罪犯是一个疯子的话，在他致命的杰作中是有某种目的的。

正如报纸上的信息所显示的那样，如果这不是一场骗局的话，凶手认为自己在伸张正义。谋杀的目的是为了保持英国大学不掺杂有色人种。如果偷走左轮手枪的人，对警察局长迪卡普特发出致命一击的人，是同一个人的话，他似乎怀疑警察已经开始追踪到了他。

布拉姆利和沃普兰斯顿在已故警察局长的官方机密文件和半官方笔记本中孜孜不倦地搜寻，也没有找到这种推测的任何依据。就他们所能确定的而言，无论是从他死后发现的文件，还是从他以前所做的陈述，凶手对迪卡普特的谋杀似乎毫无道理可言。

此外，韦奇伍德·坎伯利教授在非洲无缘无故地遭到袭击，差点就葬送了自己的前程，他最近还收到的一封匿名信，信的全文已用密电电传给了伦敦警察局。

乔德克罗夫特对手枪失踪事件的调查有了一些结果，但似乎对追查究竟是谁使手枪发挥了如此重要的作用还没有什么进展。他很清楚，跟他一起去麦穗酒馆的那些年轻人，不用对它的消失负责。那把武器很笨重，如果是他们当中的一个人把它带到酒馆里去的话，他一定会注意到的。欢快的酒宴结束后，他在酒馆的门口向那些年轻人告别，而当他回家前去检查靶场时，没有一个人跟着他。这就把调查的范围缩小了。只要对那天下午练枪的其他六名大学生展开调查，就是那些没有去麦穗酒馆的人，他依次拜访了他们每个人。他采取了一种办法，就是唤醒这些大学生的善良和荣誉感，不要让自己在进退两难的困境中失望。

如果他在放纵自己的私人享乐之前，逃避自己的职责，没有采取措施保障自己负责的武器和靶场安全，这在任何时候都已经够糟糕的了。更糟糕的是，就在这疏忽的事实要被掩盖过去之际，传来了镇上警察局长因韦伯利左轮手枪击中而死亡的消息，毫无疑问，这把韦伯利左轮手枪与他本应安全负责的左轮手枪是同一支。

使乔德克罗夫特感到宽慰的是，他发现所有的年轻人都很愿意帮助他。为一个愚蠢的恶作剧而处以一笔小小的罚款，同严重的谋杀案件相比，是微不足道的，因为任何企图隐瞒过失都可能妨碍司法公正。这天早晨，他历经重重困难，终于找到了清单上的第四个人，才有了一丝成功的迹象。正是在彼得学院的伯纳德·特拉弗斯的房间里，他终于遇到了好运气。伯纳德·特拉弗斯是上个学期的新生，不知是不是巧合，他毕业后也要去西非担任公务员。

乔德克罗夫特中士一说明拜访的来意，伯纳德·特拉弗斯就承认，是他一时糊涂，把那天下午在靶场上用过的 16 号左轮手枪带回了学院的房间。由于那天下午他参加的左轮手枪射击是比赛结束前的最后一枪，他本想在下次集训之前把枪放回去，但是没想到自己的心不在焉，已经引起了别人的注意。

布拉姆利对这种解释的真实性提出了质疑。无论在不久的将来是否有另一次训练，这位年轻人一定知道，乔德克罗夫特中士一直负责俱乐部武器的安全保管。无论如何，他应该意识到，他正冒着让乔德克罗夫特陷入麻烦的风险——这不是一件有绅士风度的事情。乔德克罗夫特反驳了这一点，他为他的俱乐部成员辩护：这可能不是绅士风度，但这是不是一个年轻人头脑中的简单想法？他认为自己可以更好地发挥左轮手枪的用途，而不是把它闲置在俱乐部的抽屉里，因为这样做可能更有效地帮助大学校队取得渴望已久的胜利。布拉姆利反驳说，特拉弗斯的行为可能会让他收到传票，因为他拥有枪支，但没有携带枪支的执照。布拉姆利还详述了这一点，指出：如果这个年轻人不听话，他们就有机会用法律的威严来惩罚他。但是，这个大学生非但没有企图阻挠，反而尽其所能地提供了乔德克罗夫特中士所要寻找的情报。伯纳德·特拉弗斯把乔德克罗夫特中士带进卧室，打开抽屉柜底的一个抽屉。

"这个抽屉，"伯纳德·特拉弗斯当着乔德克罗夫特的面打开说，"除了那支左轮手枪，什么也没有。我穿得不太讲究，另外三个抽屉和一个挂橱正好能装下我的衣物。"

但是当抽屉被打开时，乔德克罗夫特满怀期待地从伯纳德·特拉弗斯的肩膀上望过去，发现抽屉里不但没有衣服，而且那支左轮手枪也不见了踪影。

　　乔德克罗夫特竭力使布拉姆利相信，这个年轻人和他自己一样吃惊。但是布拉姆利对此表示怀疑。

　　"他想给你什么样的胡说八道的解释？"

　　"这不是无稽之谈，"乔德克罗夫特激动地说，"那是事实。就像我现在告诉你的一样。"他暗示说，即使是伦敦警察局的刑事调查部人员也不会把他打上骗子的标签。"他就是解释不清楚，事实就是这样。我相信他。"

　　伯纳德·特拉弗斯解释说，他从不锁房间的门，并且任何学院的学生都不锁门。彼得学院和其他学院一样，不是贼窝，他信任他的朋友。他心甘情愿地把经常到他房间里来的人的名单交给了乔德克罗夫特中士，其中有三一学院的帕特·弗莱姆利，他是一名三年级学生，来自查特豪斯，最终他也要去西非。彼得学院有六个和他同年级的人，其中一个叫詹姆斯，也是左轮手枪俱乐部的成员。兰斯伍德，耶稣学院；珀金斯，克莱尔学院；还有一串其他学院的人的名字。帕特·弗莱姆利有时还会带一些他的朋友来参加西非课程。他们都对这个国家感兴趣，喜欢谈论这个国家的话题。有一天，奥古·卡拉瓦被带到这里来：

他现在已经死了，所以他不算在这个案子里。帕特·弗莱姆利也有一两次从科珀斯带来另一个三年级学生，名叫罗伯茨，他正拿不定主意是来还是不来。他还认识西德尼的杰弗里·克莱斯顿，还有西德尼的另一个人，以及在圣保罗学院读二年级的马勒沙姆。乔德克罗夫特把全部名单交给了布拉姆利，这样对方就可以利用它。所有人都在警察局接受了调查，但是没有一个人能解释手枪是怎么不见的。他们都坚决否认他们与枪的失踪有任何关系，布拉姆利和沃普兰斯顿没有理由怀疑他们的否认。他们看起来都是非常正常的年轻人，而且似乎没有办法把他们和犯罪联系起来。

"从表面上看，一切似乎都进展得很顺利。"布拉姆利说，他不喜欢被迷惑。"但当我们有时间的时候，我们必须调查这些年轻人的行动，"他一边强调，一边怀疑地瞥了乔德克罗夫特一眼，"弄清楚他们在干什么，以及在警察局长迪卡普特遇害前后，他们在哪里。"

沃普兰斯顿和乔德克罗夫特中士都认为，这样彻底的调查是没有必要的。但面对布拉姆利的决心，他们两人都不愿意表达自己的意见。

在火车站进行的调查没有取得更多的成果。早班火车载着的乘客，大多数都是车站工作人员所熟知的。乘坐普通早班火车的旅客没有引起任何特别的怀疑或注意，左轮手枪可能很容易就藏在手提箱里了。即使调查是在包裹寄出后的第二天进行的，沃普兰斯顿仍然严重怀疑是否能搜索出任何有用的证据。他指出，售票处的窗口很小。售票员除了看到乘客的头和肩膀外，几乎看不到更多的东西。售票员更关心的是乘客是否支付了正确的车费，而不是在卖票时仔细检查乘客。

无论是搬运工，还是那天值班的检票员，都帮不上忙，在旅程另一端的利物浦街和国王十字车站的调查，也是无济于事。虽然没有什么特别的理由，但布拉姆利开始倾向于罪犯可能是乘坐汽车去的伦敦。于是他们向往返剑桥和伦敦之间长途车机构的工作人员问了很多问题，却没有得到任何有用的答案。预料到会出现这样的问题是很正常的，因为任何关于他们要寻找的人的外貌线索，警察都无法向相关人员提供。

"如果，"沃普兰斯顿说，"假设那个人是坐汽车来的，我看不出我们还能有什么新进展，除非碰巧有什么东西来帮助我们。"

但是布拉姆利有多年处理案件的经验，并且那些案件和他目前正在追查的案件一样棘手——他不愿就此罢休。

"这里的汽车修理厂在出租汽车之前，难道不需要得到学校的许可吗？"

"只对大学生有用，"沃普兰斯顿说。他希望能说服布拉姆利，让他相信，他在白费力气，"而且我们没有任何证据可以证明，杀害迪卡普特的凶手不是镇上的某个人，而是一名大学生。"

不管怎样，不知疲倦的布拉姆利还是说服了对方，派几个人去尽可能多地搜查城里汽车修理厂，寻找他急需的一点点蛛丝马迹。当布拉姆利急于把事情弄清楚时，沃普兰斯顿禁不住暗自高兴，因为他的工作人员将大量日程表源源不断地送了过来。

许多汽车租赁业务似乎已经完成，在每一种情况下，都有可能找到租车人的姓名和地址。但是，正如代理警察局长沃普兰斯顿指出的那样，这一点也没有多大帮助，因为这个罪犯如果是坐租来的车进城的话，他是不会把自己的真实姓名告诉车主的。

在这些引起布拉姆利注意的案件中，几乎没有车主能够说出他们所出租车辆的目的地。他们不必问租客要去哪里。如果他们对租客有足够的信心，就可以把汽车委托给租客。这些汽车是有保险的，那么租客就不需要提供这些额外的信息。

工作人员在外部进行这些活动的同时，布拉姆利和沃普兰斯顿在警察局举行会议。

"剑桥大学有个讨厌的规矩，就是在大学里不锁门，这就把事情弄得很复杂了。如果我是个职业小偷，我会偶尔在这里待上一周，那肯定会给自己带来丰厚的回报。除非有人碰巧向看门人打听他要见的某个人住哪间房，否则我看不出看门人有什么必要对进入的人进行检查。我在学院里逛了一两次，发现那里不仅有一些房间的门不上锁，而且甚至是开着的——入侵者可以毫不费力地选择一个空房间。"

"当你忙于其他事情的时候，我已经拜访了所有特拉弗斯告诉我们可以随意进入他房间的人。当然，即使是他，也不能说出所有人。他自己告诉我，他不妨把整个学院的名单都给我——至少是新生的名单——这样就有一百多人了。"

"你不是已经拜访过所有的人了吗？"沃普兰斯顿问道，语气中带着某种友好的揶揄。

"没有，"布拉姆利断然说，"我没有。我只是专注于候选名单。弗莱姆利和克莱斯顿尽他们所能帮助我。他们的年龄比其他人都大——在第三学年结束时，当完成这里的课程后，他们自己也要去西非。他们要在离开之前为这所大学洗清罪名。他们似乎还认为，当他们到海岸去的时候，警察的职责会和他们要做的其他一百零一件事混在一起，所以在国内做一点初步的侦探工作，即使只是业余的，也不会对他们有什么害处。但比起警察局长迪卡普特的死，他们对那两个非洲人的死更感兴趣。警察没能追踪到凶手，他们似乎有点生气。我告诉他们，当他们有了和我一样多的在刑事调查部工作的经验时，他们就能学会对我们宽容一点了。"

从编辑送过来的为当地报纸准备的信息中，布拉姆利和他的同事都没能找到任何线索。布拉姆利的脑子里不断地闪过这样的念头：这事可能是个骗局。当然，恶作剧在全国各地都时有发生。但牛津和剑桥正是这种东西繁荣发展的地方。就像在这件事上一样，它们可能源于一种反常的幽默感，但仍然必须正视它们。

几天来，调查似乎完全陷入僵局，不管布拉姆利怎么努力，他都没有成功。他向代理警察局长沃普兰斯顿提出一些建议，沃普兰斯顿目前所能做的就是借给他一个人来帮忙。布拉姆利希望在事情解决之前，不论是通过运气还是通过努力工作，从多个层次发现某种线索，从而更加确定地追踪凶手。但他的希望短期内不可能实现了。现在，他对这件事已经完全厌倦了。

当最后离开剑桥，坐火车回伦敦时，布拉姆利把整件事都考虑了一番。他想，在剑桥发生的对无辜黑人的暴行和企图在非洲杀害韦奇伍德教授的事件之间，一定有某种联系，尽管这种联系并不明显。在两者的深层联系中，似乎都存在着种族仇恨。韦奇伍德教授对英国大学里有色人种的厌恶似乎提供了一种联系。假设这个猜想是正确的，在这个奇妙的犯罪拼图中，警察局长谋杀案肯定是其中的一块。可是，它在里面真的有位置吗？还是一个纯粹的孤立事件？如果只是一个巧合。人们又怎么能猜测到凶手的动机呢？假设两起谋杀案以及针对韦奇伍德教授的谋杀和威胁都源于种族间的仇恨，那么迪卡普特之死的悲剧应该放在这幅画的哪一边呢？警察局长迪卡普特是公正的，在他的管辖范围内，无论人们是什么肤色，他的任务就是找出那些用暴力杀人的凶手。只有一个疯子才会假装认为他对奥古·卡拉瓦和庞波利的死负有责任，因为他到目前为止，还没能找到与两个黑人大学生有仇的人。但是假设悲剧背后有这样的原因，要寻找的人是一个精神错乱的人；除此之外，他还被认为是一个黑人。可是他到剑桥调查时，并没有得到消息，说大学城附近有这样一个人。

国王十字车站终于到了，布拉姆利很高兴看到了它。他跳上一辆出租车，不到二十分钟就回到了伦敦警察局的办公桌前。他刚坐下，一个勤务兵就走了进来，手里拿着一个熟悉的电报信封。"这是刚刚收到的，先生。"

布拉姆利急忙把它撕开。他发现那是来自非洲电报公司。它的发件地址是老几内亚的首都爱德华维尔。

信是警务处处长寄来的，上面写道："来自紧急限制地区的人阿布·博卡里，化名押沙龙·帕金斯，他因违反外国人行为法被拘留在这里。他有可能涉嫌十月的剑桥谋杀，也可能面临更严重的指控。请协助提供相关信息。"

布拉姆利兴奋地喘息着，这难道就是缺失的一环吗？

浮出水面

　　夏季学期结束了，这是帕特·弗莱姆利和杰弗里·克莱斯顿作为本科生的最后一个夏季学期。为了应对学位考试，他们每天忙碌着，预计在雨季到来之前就可以拿到荣誉学位。七月炎热的下午，在巨大教堂的荫凉处，他们和多莉·坎伯利一起躺在国王教堂前面天鹅绒般的绿色草坪上，这是最可爱的一天。作为毕业生，他们将会在下学期再次返回。当局在西非的某个地区给他们分配了职位，在出国赴任之前，他们要先学习殖民地办公室有关的课程。

　　假期刚开始，他们俩就熬夜了——假装在正式学习前做一些准备工作。但帕特·弗莱姆利的真正原因更私人一些——教授的女儿对他仍有很大的吸引力，在剑桥谋杀案和韦奇伍德·坎伯利教授的悲欢离合这一话题上，他们很有共同语言，彼此变得越来越多愁善感。

杰弗里·克莱斯顿声称，他渴望尽一切可能帮助警方调查这一系列神秘悲剧的真相。这一系列悲剧破坏了这座古老的大学城一贯宁静的学术氛围。杰弗里·克莱斯顿的同伴们取笑他，并发现了他突然异乎寻常地喜欢额外学习的真正原因——不过是想在盛夏时节体会一下剑桥的乐趣。导师一再嘱咐他，要在准备荣誉学位考试的艰难时刻加倍努力，他却置之不理。

"不管怎么说，对你父亲来说，非洲的事情似乎已经安定下来了，这是一件好事。"杰弗里·克莱斯顿一边说着，一边用硬纸板勺把一块大号冰激凌砖的剩余部分刮掉。

"自从他们逮捕了那个叫阿布·博卡里的人，警报和外出工作似乎都停止了。但我爸爸似乎对这个国家感到厌倦了。"

在过去的一个多星期里，多莉·坎伯利终于摆脱了在夏季学期一直困扰她的紧张情绪，并从中解脱了出来。现在电报在任何时间都能通过电话收到，总算有了一个令人高兴的喘息之机。

"今天早上收到的最后一封信里，他似乎真的下定决心要回家了。我认为他没有必要待这么久，但是你知道我爸爸有多固执。"

她的两个同伴都同情地点了点头，确实如此。

"可是，他遭到了袭击，他知道有人想把他赶出这个国家，或者赶出这个世界。这一事实使他比以往更害怕了。现在已经有一段时间没有什么惊天动地的事情发生了，他认为这时候打退堂鼓，不会有人对他指手画脚。但是说实在的，在我看来，剑桥业余侦探协会并没有做出多少事情，虽然它成立的目的是正当的。"

　　"我相信，"帕特·弗莱姆利嘲弄地说，"杰弗里甚至已经忘记了它为什么会成立了。"

　　杰弗里·克莱斯顿极力否认："我似乎比你做得多。我和代理警察局长沃普兰斯顿谈过很多次了；就在警察局长迪卡普特被谋杀的前一天早上，我还和他本人谈过一次。再说，在枪的问题上——我做的事难道不比别人做得多吗？"

　　"我知道。多莉只是在跟你开玩笑。没必要发火和烦恼。但是说真的，我们似乎并没有取得什么进展。"

　　"谁发火了？"杰弗里·克莱斯顿大叫，"在我看来，警察并没有比我们取得更多进展。两名非洲大学生被谋杀，一个在街上，另一个在大学的房间里。人类学教授在西非——也就是这两位学生原来所在的殖民地，遭到了猛烈攻击，几乎丧命。教授在巴里的人群中发现了一个男人，和案发当晚他在布鲁克赛德看到的那个人很像。我们得到了当时现场的两个学生的证词，他们说在布鲁克赛德的小溪里发现了卡拉瓦的尸体，当时除了一个警官记录细节，还有另一个非洲人，但似乎没有人记得他，想到时为时已晚，他已经逃回了非洲。从那以后发生的事情来看，这家伙似乎被追踪到了，并被拘留在那里，直到这里的警察找到对他不利的证据，使他有理由被引渡。这个家伙虽然在英国被警察通缉，但他实际上人在自己的殖民地。另外，你父亲收到的一封匿名信，似乎表明在非洲有一个反白人团伙在活动。《剑桥每日回声报》的编辑收到的一则信息同样表明，在英国有一个反黑人团伙在活动。"

杰弗里·克莱斯顿停顿了一下，看看听众是否领会了他所做的陈述。他们没有表示要打断或纠正他，于是他继续说下去："我的朋友们、剑桥业余侦探协会的同盟们，你们是否想到，到目前为止，似乎还没有人在警察局长迪卡普特身上发现关键点：那就是迪卡普特在我的煽动下翻阅了他曾经记录的利物浦非洲人名单后，很快就出现了被美国佬称之为'出局'的情况。但到那天早上为止，迪卡普特似乎没有发挥任何作用。在我看来，这其中必然有某种联系。然后是左轮手枪的事。当然，这么说是可能异端邪说，但我忍不住想，左轮手枪是从一个大学同学的房间里弄丢的，事实表明我们不能完全排除这个古老大学的某个人，这个人应该知道得更清楚，并参与了这件事。我的意思是说参与了这个血腥的游戏。"

"别理我，"多莉·坎伯利故作正经地说，"如果你这么客气是为了我好。"她一直在聚精会神地听着杰弗里·克莱斯顿讲话的大意，仿佛希望自己能偶然指出他演说中的任何漏洞。

"我真不愿意相信，我们大家都认识的那个人，参与了杀害这个镇警察局长的行动——而且据我们所知，这个行动毫无理由。但事实是，唐宁街的看门人没能帮上忙，这说明偷枪的是一个大学生，甚至可能是一个毕业生。除了他们自己学院的学生和他们认识的其他学院的学生外，通常这些看门人都很善于发现任何闯入宿舍闲逛的陌生人。"

帕特·弗莱姆利对此点了点头。

"这一切都让人觉得是大学里的一名成员干了这桩蠢事。可他究竟怎么到伦敦，然后把手枪和那封信寄回了这里？我也不太清楚——除非有种不常发生的运气。"

"那他们打算对在爱德华维尔被捕的那个黑人怎么办？"多莉·坎伯利插话说。

"不是有什么'人身保护令'之类的吗？如果有人不赶快干点什么，警方难道想把这个人放走，然后再重新来过？"

"我想他们会的，"帕特·弗莱姆利说，"特别是如果非洲的律师们像他们说的那样好管闲事的话。不过，如果警方真的认为那个家伙和这里发生的事有关，我想他们不会急于放他走的——至少在他们有充分的时间进行调查之前。"

"你最近又见到沃普兰斯顿先生了吗？"多莉·坎伯利问道。

"我见过他，但从他嘴里问不出什么来。他曾经是那么友好，让我来告诉你发生了什么事。我不认为他应该这么做，学校里的那些人可能已经跟他谈过了。我想他并不适合当警察局长，他在泄露什么和不泄露什么之间没有划出一条非常严格的界限。在他询问那把左轮手枪的事时，我们也免不了要打听一下。但我最近确实注意到了，你呢，杰弗里，你是否发现他现在比以前更能守口如瓶了？"

"我非常赞同，"杰弗里·克莱斯顿强调道，"也许警方真的找到了一些切实可行的办法。毕竟，他们已经调查了足够长的时间了。"

"我一点也不惊讶，"多莉说，"这是我从没有遇到过的情况，甚至比小说里读到过的还要更混乱。"

在接下来的几天里，总督察布拉姆利又一次在剑桥与代理警察局长沃普兰斯顿进行磋商。他变得沉默寡言了。他认为自己终于找到了线索，并私下告诉沃普兰斯顿，在接下来的几天里，随时都可能执行逮捕任务。

教授归来

"你说得对，亲爱的，说得对。这绝不是我第一次离开自己的国家。我总是很高兴能回来。但我从未如此感激能踏上英国的土地。我们的民族有个习惯——非常喜欢在朋友之间贬低我们自己的国家和我们自己的同胞。但现在，我已经去过西非。感谢上帝让我安然无恙地归来了。我比以往任何时候都更加确信，如果我必须重生，并给我选择的机会，我会选择生为英国人。这听起来像是沙文主义，或者随便你怎么称呼它。但在我看来，这只不过是事实。"

多莉·坎伯利看到父亲回来非常激动，因为在过去的一两个月里，父亲出国去执行他的新任务，这让她焦虑不安。从外表看，韦奇伍德·坎

204

伯利教授的身体已无大恙。的确，热带的阳光把他平日苍白的脸晒成了健康的古铜色。教授在这个问题上的感受一定很强烈，因为在这个夏日午后，他在公园露台熟悉的客厅里，一边贪婪地喝着茶，一边正在做出刻薄的评论。

多莉·坎伯利鼓起勇气，希望父亲可以收回那些刻薄的评论，他便笑嘻嘻地跟她开玩笑。韦奇伍德教授不会马上屈服，这听起来确实不错，他强调了他所选择的动词。他在海岸忍受了那么多不愉快之后，任何东西都是不错的。浓茶是由一个当地厨师用一个廉价的茶壶煮出来的，煮得很糟糕。他真傻，应该把好的茶壶带出去。更糟糕的是，当地厨师还把可恶的罐装牛奶混在一起。后来他变得不再介意那些东西了。但现在，他意识到这一切都不同了，因为他又回到了家，可以喝到真正的饮品了。

"这么说，你这次旅行总算有一件好事了。"多莉·坎伯利的眼睛里闪烁着光芒。韦奇伍德教授认为他可能会陷入某种有阴谋的谈话之中，而现在谈话内容将来可能会被用来对付他。

"哦，那是什么？"

"你可能会发现，你的女儿并不像你一直想象的那样是个坏管家。"

韦奇伍德教授咕哝了一声，但那是一声很愉快的咕哝。他很高兴又回到家里，有他漂亮的女儿做伴，没有时间再摆出那种唐突无礼的样子。

"我已经尽我所能克服了我这次访问所面临的种种麻烦，设法完成了大量工作，尽管不幸的是没有我所预期的那么多。然而，我不打算再回到那里完成它。我得出的结论是，即使在人类学中，也是旁观者——在实验室和博物馆里——看得更全面。将来，当我研究非洲的思维和思想趋势时，我可能会更焦虑一些，为我们认为是他们反常的行为寻找一些借口，因为现在我知道他们生活在一个多么差劲的国家，他们的小屋和房子有多么令人难以形容的邋遢。"

韦奇伍德教授的声音里流露出发自内心的厌恶和反感，他似乎没有消除自己对黑人种族的厌恶。

"但是，谁想知道我在科学领域取得了什么进展呢？我在普利茅斯遇到了一大群该死的记者。你认为他们会迫不及待地想听我的研究结果吗？一点也不。他们想做的就是要领先于其他竞争对手，从我这里得到更多关于剑桥谋杀案的耸人听闻的消息。"

"当然，在那种心情下，你就好心地告诉他们吧！"

韦奇伍德教授差点被噎住。部分原因是他刚才吃了一块黄油烤面包。过了好一会儿他才恢复过来，他的反应让他女儿清楚地知道他对国内轰动一时的新闻的看法。多莉利用父亲缓气的机会拿着茶壶出去装热水。她很高兴今天是仆人外出的日子，她还想从父亲那里听到更多的事情，而不仅仅是他对每日新闻的看法。利用这段时间，可以让他把注意力从这个不幸的问题上转移开。

"当然，"多莉从厨房回来后说，在教授继续愤怒地长篇大论之前，"除了你工作的结果之外，我还有很多事情需要你告诉我。等你有时间把它们整理出来，我再读。"

韦奇伍德教授做了一个表示反对的手势。"多莉，在这方面，你和其他人一样糟糕。似乎能引起你们兴趣的只是这些谋杀案的主题。从我在晚报上看到的情况来看，他们拉的战线够长了，警察似乎也没有比我离开时取得更多进展。"

"我想，"多莉说，"事情并不像你说得那么糟。但我确实想听听他们在非洲做了些什么——关于阿布·博卡里这个人，或者押沙龙·帕金斯，或者随便他怎么称呼自己。人们似乎认为，这件事背后的真相可能和其他任何事情一样重要。"

韦奇伍德教授叹了口气。他明白没有希望了，不听完他所能知道的整个故事，他的女儿是不会善罢甘休的。

如果有人告诉多莉，那个男人实际上是和教授乘同一条船回国的，这肯定会让她感到吃惊。他是作为囚犯还是作为证人被带来的，教授不清楚。这个人乘坐的是三等舱，当他到达普利茅斯时，有两名便衣男子护送他下了船。大家都觉得这两名便衣男子很可疑，就像穿着便衣的警察。在教授离开爱德华维尔之前，他被要求与这个人对质，并告诉当地警方是否曾经见过这个人。教授告诉警方，这名男子肯定是自己在曼都巴里与地区专员一起时所见到的那个人；从他走路时的步态和外形来看，他是在卡拉瓦和庞波利被谋杀的那晚，在布鲁克赛德附近的剑桥自己所见到的那个人，是同一个人。至于他的容貌，那就是另一回事了。在剑桥，自己走在那人后面走，自然没有机会看见他的脸。无论如何，就像那首老歌里唱的，"在他看来，所有的浣熊都一样"，在非洲这种体会更加深刻。即使在剑桥，根据教授的科学研究，他也可以说这个人的头骨肯定是长头型的。那个男人离开非洲巴里时的步态，无疑让他想起了布鲁克赛德的场景。就警方而言，他们似乎得到了英国警方的密电，证实了他们的怀疑：在十月谋杀案的悲剧发生时，这个人可能在剑桥，当然也可能在英国的其他地方。教授不知道这个情报对警察有什么价值，也不感兴趣。事实上，教授对这整件事感到非常厌烦。对于大学招收有色人种学生不受欢迎这一问题，教授不打算改变自己的看法。的确，他的论据比以往任何时候都有力，多莉猜想，父亲的观点并没有因为他所受到的攻击而改变。

在这一点上，韦奇伍德教授仍然感到困惑。他知道，白人永远也不会知道黑人的内心在想些什么，这已是老生常谈了。他读过的任何有关这方面的书都只会使他更加确信，这种推测是徒劳无益的。

让韦奇伍德教授感到安慰的是，一个黑人同样不可能洞悉白人内心深处的想法。但为什么那个叫阿布·博卡里的人，在黑暗中，向躺在床上的他开枪？虽然这个事实还有待证实，但这几乎要了他的命，对此教授绝对不能理解。他看来确实是那个酋长的亲戚，那个酋长是一个被杀害的人的父亲。不过，即使在这一点上也很难确定。教授能理解这一点。在这种情况下，试图查明一个可能是酋长亲戚的人的身份和动机，是不符合酋长利益的。毕竟如果有传言说教授与谋杀案有关，根据他自己已知的怀有偏见的薄弱证据，当地人有可能以一种混乱的形式摸清了这个故事，并将犯罪事实归咎于教授。正如他重申的那样，没有人真正知道这个黑人在想什么。但是，如果这些想法与他的猜想完全一样的话，他只能说，黑人的智力在他看来从来都不是很高，没有辜负过他所提出的批评；并且在白人和有色人种学生中实施隔离政策，这时比以往任何时候都更为合理。

多莉为父亲的安全归来而高兴，但她开始对这场冗长的个人演讲感到有点厌烦。因为这些演讲的内容，有很多是在韦奇伍德教授打算访问非洲之前多次提到的观点。

这时门铃响起来了。

"上帝啊，铃响了。"她倒为这段插曲感到高兴，这样一来，父亲就可以再一次把心思从他偏执的方向上转移开了。她站起来，走到前门，打开了门。令她吃惊的是，有两个客人在等她——总督察布拉姆利和剑桥的代理警察局长沃普兰斯顿，他们都穿着便衣。

"很抱歉打扰你，坎伯利小姐。我们能和你说几句话吗？"是布拉姆利带头说的。

"当然可以。"回答这个请求时，出于某种原因，多莉感到一些紧张，脸也因此泛起了红晕，她感到很尴尬。

无论如何，她必须对父亲隐瞒客人的身份。

"请进。你们介意在这里等一会儿吗？"她推开一扇门，这扇门通向大厅外的一个小房间——在她父亲书房旁边的一间她自己的房间，当时她正在给韦奇伍德教授做一些断断续续的秘书工作。两名警官被带了进来，她关上门，回到客厅。

"是谁在喝茶的时候打断我？"韦奇伍德教授既然开始了他最喜欢的话题，就不想被打断。

"没什么，我不会很久的。你想要的东西都有了吗？有两个人来修理电灯，我们遇到了点麻烦。"

起初，女孩以为她父亲会不相信她。可是经过长途跋涉，教授又困又累，她早就知道，每当他有这种感觉时，他很快就会躺在沙发上睡着。如果半个小时或更长时间内没有人打扰他，那就谢天谢地了。教授哼了一声，喝下了第三杯，也是最后一杯茶，多莉走了出去，随手把门关上。

"我们不是很想麻烦你,"布拉姆利高兴地说,但女孩觉得有点尴尬,"据你所知,你跟庞波利或卡拉瓦说过话吗?"

"哦,是的,"多莉困惑地回答道,"对他们俩都说过一两次话。有一次,在帝王电影院,我和一个朋友在那里。弗莱姆利或克莱斯顿先生,或两者都在,我记不清了。庞波利坐在后面一排。我想他们中的一个认识他,并把我介绍给他,我们聊了几句。弗莱姆利先生把我介绍给卡拉瓦认识,当时很多人都在那里。"

"谢谢。现在只剩下一个问题了,我们想找时间见见你父亲。不过改天好了。我听说他刚回来。"

多莉充满感激。如果此刻她不得不把警官们介绍给父亲的话,那一定会是一场非同寻常的场面。

"我还想问你是否认识一个叫辛普森先生的人——亨利·辛普森?他在佩蒂居里有家店。"

"你是说理发师辛普森吗?嗯,我只是认识他。我过去常去他店里,但我已经很久没见过他了。自从几年前凯里森在市场山开了一家新店后,就再没见过他了。"

总督察布拉姆利转向他的同伴。"沃普兰斯顿,我想我们现在只想问坎伯利小姐这些问题,是吧?"

沃普兰斯顿有些困窘不安，他同意了。他不习惯拜访大学教授的女儿，他对布拉姆利处理事情的方式感到惊讶。"很抱歉打扰你，但这就是我目前想要了解的。也许一两天后，我们还会再过来的。"

　　随后，多莉·坎伯利护送两位警官到了门口。在他们离开后，她开始思考这次的调查是站在什么立场上进行的。毫无疑问，虽然她自己也无法解释，但是总督察布拉姆利的奇怪问题，在某种程度上似乎与剑桥谋杀案有一定的关系。

重大突破

"我最好还是不要告诉你我此刻的想法。你大概会认为我完全疯了，但这件事让我心烦意乱！"总督察布拉姆利的神情与他说的话完全不符。代理警察局长沃普兰斯顿想，在他们同教授的女儿面谈之后的那个早晨，很难在整个大英帝国找到一个比这位伦敦侦探更理智的人。

"我们出发之前，你说你要给我一个惊喜。我放弃了。我只是猜不出你在寻找什么，也猜不出你在想什么。坎伯利小姐的理发师跟这个案子有什么关系呢？"沃普兰斯顿真的很困惑。

"我有说过我认为这有关系吗？我只是问她是否去了在佩蒂居里辛普森的理发店。她回答说她过去常去，但最近去了市场山的凯里森的理发店，这没什么神秘的！"

"好吧，我放弃了，"沃普兰斯顿说，"我一点也不知道这到底是怎么回事。"

"我不会拿它来打扰你的，直到我有进一步的进展后。不过今天上午晚些时候我可能需要你的帮助。"

"我很高兴这是晚些时候的事，"沃普兰斯顿松了一口气，叫道，"我今天早上要上法庭。我正在准备今天的诉讼。在我进去之前，我必须和我的证人谈谈。"

"好吧，"布拉姆利说，"我先过去了，稍后再来，告诉你我要你做什么——如果我还需要你的帮助的话。"

沃普兰斯顿走了。过了中午，他又出现在警察局。法庭审理案件的时间比他预期得要短，他坐在办公室里，悠闲地看着晨报。

"那么，你过得怎么样？"沃普兰斯顿从报纸上抬起头来，从对方喜气洋洋的脸上期待着答案，早上的工作看来是非常满意的。

"谢谢。我只希望你也像我过得一样轻松。同十五个治安警察打交道——他们中没有一个是证据法方面的专家——比和一个理发师友好地聊天要痛苦得多。"

"那么说凯里森先生帮了忙？"

布拉姆利点了点头。"很有帮助，他是个非常聪明的人。他是这个

214

城镇的信息汇总站。当然,他是个女士美发师,在女性中似乎很受欢迎。跟这个国家的其他地方一样,这里的女性似乎也喜欢说长道短。不过,在我们更进一步讨论之前,你还记得我告诉过你,我可能会请你为我做件事吗?"

沃普兰斯顿不禁暗自叫苦。他没有忘记几天前,他在调查左轮手枪俱乐部成员方面所做的额外工作,以及在十月份的任期中他所承担的更为艰苦的工作。当时在警察局长迪卡普特去世后,按照领导的指示,通过与伦敦警察厅的人合作,他和他的同事在剑桥大学的所有学院宿舍进行了与庞波利谋杀案有关的调查。"当然,"他尽量诚恳地说,"法庭今天结束了,只有例行公事要做,除非出现什么特殊情况。"

"也不是不可能。"布拉姆利警告说。"我的意思是,"他谨慎地补充说,"如果我真的像我认为的那样成功的话。"

"请允许我问一下,你现在究竟在追查什么?是两个黑人的谋杀案,还是警察局长的案子?"

布拉姆利没有马上回答。他皱着眉头,似乎在深思熟虑。当他回答的时候,语调又慢又有分寸。"这个问题不容易回答,"他说,"在过去的一两天里,我一直在努力思考。其实我更关心的是庞波利和卡拉瓦的案子。当然,我也总是要记住其他的。这对你来说可能听起来很奇怪,但我有一个想法,那就是我们从哪开始其实并不重要;但最好

215

从线索最丰富的地方开始。"

"你的意思是说，你认为这三起谋杀案是联系在一起的？"沃普兰斯顿惊讶地发现，他的同事似乎已经在这一点上下了决心。他自己看不出有任何联系。

"请注意，如果我的推论是正确的，我只是最近才想到这一点，我还没有机会来检验它。但是如果我是正确的，一旦我们了解了导致一起谋杀案的一些情况，我们就离解决整个事件的谜题不远了。我认为，出于许多原因，目前我最好还是不要告诉别人，如果我把一切都告诉你，你可能会觉得很尴尬。"

"为什么？你不会是想告诉我，你怀疑我与这一切有关吧？"尽管在警界服役多年，但沃普兰斯顿还是一个神经紧张的人。他被对方的话吓了一跳，布拉姆利注意到他说话时的声音有些颤抖。

"我亲爱的朋友，如果我对你有任何怀疑的话，你认为我会这样对你说话吗？你难道不应该是我最不愿意告诉的人吗？"布拉姆利开怀大笑，想让沃普兰斯顿放松一下，"不，不是这样的。但我告诉你也无妨，这还是你告诉我的，是别人对你说的一些话，让我找到了切入点。"

尽管沃普兰斯顿一再恳求，布拉姆利还是很坚决。他只会告诉沃普兰斯顿这些。他又说，如果他说了这句话的原话，以及这句话是谁说的。那么在这个时候，沃普兰斯顿可能会陷入相当尴尬的境地。布拉姆利觉得，如果沃普兰斯顿什么也不知道，会更自在些。

"不管怎么说，我现在脑子里想的不过是一种推理而已。如果我告诉你那是什么东西，不管你喜不喜欢，你一定会把它翻来覆去地想个不停，你可能会把那些只不过是别人告诉你的东西，想象成真实的东西。在我们的工作中，很多事情不能太过于自信。如果我相信自己是在正确的轨道上，可以用一些真实的证据支持我的想法，那么你将能够帮我追踪他们。

"在那之前，恐怕我或多或少得自己单独工作了。你可以帮我个忙，今天早上，在你上法庭之前，我告诉过你，我可能过一会儿再来找你帮忙。很简单，我想让你给我看看你在十月案件里收集的证物。"

"证物吗？"沃普兰斯顿惊讶地叫道，"我不记得我们有任何证物。"

"糟糕的是，确实没有很多，否则我们可能会取得一些进展。但你应该记得，你在科珀斯的庞波利房间书桌的抽屉里，发现了一个衬里有淡紫色的信封吧？"

"哦，那个。"沃普兰斯顿松了一口气。他担心，在案发后纷乱的调查和搜查中，他可能会漏掉一些其他的东西，"是的，我记得。就在警局办公室的保险箱里。"

"你记得里面有什么东西吗？"

"在我的记忆中，它是空的。"沃普兰斯顿说完，更吃惊了。

"虽然说空的，但里面却有一个重要的东西，里面有一根头发——只有一根。"

沃普兰斯顿记起来了，在那封信被锁进警察的保险柜之前，它已经装进另一个信封封好了。从此以后，再也没有人提到过它。他敢肯定，它现在的状况和九个月前被藏起来时一模一样。

"啊，是的，我现在想起来了，有一根头发。但这跟庞波利、卡拉瓦和迪卡普特的案子有什么关系呢？"

布拉姆利做出很神秘的样子。首先，他暂时不想泄露自己的推测；另一方面，他很高兴看到他的同事对他所说的内容的反应。他很少有机会扮演夏洛克·福尔摩斯——现在的警察工作很少有这样的机会。

"我还没准备好告诉你，至少现在还没有，"布拉姆利说着，慢慢地摇了摇头，"不过你也许愿意帮我做个小小的比对。"

布拉姆利慢慢地从口袋里掏出一个白色信封，信封正面印着一行字。沃普兰斯顿认出它应该是凯里森提供的东西，那位女性美发师。布拉姆利小心翼翼地打开纸，抽出一缕金色的短发，最多不超过三英寸长，中间用一根黑色丝线扎着，不超过几十根。

"你能帮我拿另一个信封吗？就是庞波利房间里发现的那一个？"

沃普兰斯顿感到十分兴奋，虽他对布拉姆利的意图仍一无所知。他迅速地走了出去，回来时手里拿着一个警用信封封住的正式信封。

他小心翼翼地打开封条，用一张报纸盖住手指，抽出里面的东西。那是一个在科珀斯去世的大学生房间里发现的淡紫色信封，散发着淡淡的香味。

布拉姆利俯身在桌子上，仔细检查信封，没有碰它。在发现它的时候，信封上肮脏的指纹是显而易见的，布拉姆利对此很感兴趣。但他所关心的不仅仅是信封的外表。他用沃普兰斯顿防止在纸上留下痕迹的方法，拿起信封，抖出里面还留着的一根金发。

"你这儿有显微镜吗？"布拉姆利询问。

沃普兰斯顿又去一趟犯罪调查部的办公室。他自己的办公室没有配备侦探局的设备，他真诚地希望这种设备永远不会出现。他不适合做刑事调查，他自己也知道。他完全愿意把那种工作交给下属去做。最后，他带着布拉姆利要的东西回来了。布拉姆利接过信封，走到窗口，让阳光直射到桌子上，用显微镜仔细地比较了一下凯里森拿来的一绺头发和信封里剩下的那根头发。过了一会儿，他又坐直了身子。

"你自己看看。"布拉姆利说。

经过仔细检查，沃普兰斯顿放下了显微镜。"我不是专家，但在我看来，这些头发好像是同一个人的。"

"凯里森提供的头发，"布拉姆利平静地说，"是多莉·坎伯利小姐的头发。"

关键证人

一

虽然总督察布拉姆利把庞波利信封里发现的头发，和他从理发师凯里森那里弄到的头发进行了比较，但是他拒绝告诉代理警察局长沃普兰斯顿他比较后得出了什么结论。

"我自己调查的所有事实，也一直都在你的眼皮底下。我知道自己走了弯路,在这类事情上有许多纰漏之处。如果你能记住所有这些情况，那你可以仔细想想，看看能得出什么结论。我可以告诉你，我们还有充裕的时间。我确实怀疑一个明确的人，但目前我还没有足够的证据，来让我取得最后的成功。那时我就会知道，我并不只是在做梦——在我自己的脑海里编造一个似乎符合我们所知道的事实的故事。还有一件事让我觉得时间很充裕，那就是我认为我怀疑的那个人完全没有意识到他有什么危险。他对某个理论有一定的支持。他又一次阴谋得逞，成功地在同一个镇上谋杀了三个人——两个黑人和一个白人，却没有任何人怀疑是他干的。从我对他的了解来看，我相当肯定，他认为自己和牢固的房子一样安全。"

　　沃普兰斯顿完全被弄糊涂了。他无论如何也想象不出，把多莉的头发和庞波利信封里的头发做比较，会对警方追踪杀害这三个人的凶手有什么帮助。他记得他们前一天去帕克台的时候，布拉姆利问多莉是否见过庞波利。他记得她的回答是：她曾和他说过一次话，那是在电影院，当时他和两个白人大学生在一起，他碰巧坐在她和她朋友的后面。如果这是一条线索的话，那也似乎是一条非常微弱的线索，沃普兰斯顿完全不知道这条线索指的是什么。然而，布拉姆利已经告诉他这其中必有关联，沃普兰斯顿没有理由认为他的同事在开玩笑。

　　沃普兰斯顿一整夜都在冥思苦想，在脑子里反复思考这个问题，但他并没有比前一天更清楚地分析出问题的本质，当时他同意布拉姆利的看法，认为大学生信封里的头发和侦探在理发店得到的头发，可能都是同一个女人的头发。

　　"在追捕罪犯时，往往是一些细枝末节在起作用，"布拉姆利继续说，"如果我们能找到杀害庞波利的凶手，同样也是杀死卡拉瓦和警察局长迪卡普特的人，那主要归功于细心的凯里森有收集客户头发样本的习惯。他曾经告诉我，之所以这样做，是为了能够得到正确的染色剂，或者以防有一天女士们碰巧需要其他服务。奇怪的是，对于像坎伯利小姐这样年轻的女性他竟然也采取这种做法，毕竟对于年长一些的顾客，它更重要，也更有用的。但幸运的是，凯里森先生做事很有条理。他对她们一视同仁，并保存了所有客户的完整档案。"

尽管沃普兰斯顿尽了最大努力，但他无法从布拉姆利那里得到任何进一步的信息。

"现在我们可以忘掉这一切，"布拉姆利说，"毕竟，这可能只是空谈。这就像拼图游戏。它有各种各样的终点和角落，直到我们梳理了每一个边边角角。我把我的线索混在一起了，不是吗？我们暂时不可能有机会把它们完全放在一起。所以我先不谈这个了。"他从口袋里掏出一个浅黄色的电报信封。"这是线索的另一端，在这个地方，你也许也能帮我。"

沃普兰斯顿嘟哝了一声。他对整个事情感到厌烦，他也看不出到目前为止他给布拉姆利提供了什么帮助，毕竟，在头发的问题上，即使没有他的帮助和证实，布拉姆利也可以很容易地通过自己的检查，确信这两个样品来自同一个人，而且那个人就是多莉·坎伯利，教授的女儿。他没精打采地从同伴手里接过电报。

电报是伦敦警察局寄来的，寄给剑桥的总督察布拉姆利。

"阿布·博卡里同意接受问询，今天下午二点三十分在警员陪同下抵达剑桥。通知沃普兰斯顿。"

事情的发展比沃普兰斯顿预料的要快得多。这与多莉·坎伯利的头发截然不同，这是一个难以捉摸的、来自西非的黑人，出于最广为人知的原因，他有时会用押沙龙·帕金斯的名字隐藏自己的身份。

"现在一点钟了。请到我住的酒店来吃点午饭，我们会及时回到这里，来见那位来自老几内亚的神秘的年轻朋友。"

二

与布拉姆利共进午餐，无疑是一段令人心情愉悦的插曲。布拉姆利很满意地发现自己的推理有进展，并希望在总部的帮助下，他能设法再拼凑出几块拼图。于是，他暂时把工作上的事都抛在了脑后。他点了一顿丰盛的饭菜。他的同伴沃普兰斯顿一向吃得很俭朴，但在即将到来的审讯中，沃普兰斯顿觉得需要吃点更有分量的东西来维持自己的体力，因此喝了满满一品脱的剑桥啤酒。布拉姆利是最好的主人，他那丰富的幽默感和讲的一些奇闻逸事很快使沃普兰斯顿恢复了愉快和乐观的心境。当用餐结束时，布拉姆利看了看手表，意识到关键时间快到了，他很快就会再次投入到对他和其他警力所面临的无法解决的问题的进一步调查中。现在已经没有回头路了——他必须坚持到底。

"我们很快就会征服山顶。"布拉姆利高兴地说。他没有意识到这句话给他的同伴造成了多么不舒服的影响。

沃普兰斯顿曾在战争中服过役，对于这句意味深长的话，他是十分清楚的。但是它的意义，与他现在又不得不处理的事情有关，所以同样险恶。

回警察局的路似乎太短了，沃普兰斯顿立刻注意到有两个陌生人在台阶顶上等着他们。其中一个显然是便衣警察——这从他的举止可以看出来——但他不是自己手下的一员。他的同伴是一个瘦小的黑人，在老几内亚裁缝的努力下，这个黑人看起来非常精神。沃普兰斯顿意识到，这就是人们期待已久的阿布·博卡里。

沃普兰斯顿本人对此持怀疑态度。按照他的想法，整件事是如此混乱不堪，以至于他严重怀疑一个人的证词能否使他们理清头绪。但这个问题并不掌握在他自己手中，他对那微不足道的帮助都心存感激。

"下午好，帕默。所以你是给博卡里先生带路的吧？"

那黑人咧开嘴笑了。他很感激布拉姆利，因为对方从一开始就清楚地表明他没有被捕。他是自愿作证的，因此应该受到尊重和礼遇。

"下午好，博卡里先生。你从非洲和伦敦远道而来帮助我们，真是太好了。我听说你能告诉我们一些事情，可以让我们重新点燃起破解案子的希望。"布拉姆利和这位非洲人握了握手，这位非洲人很感激布拉姆利对他的友好接待。

"我们可以用一下你的办公室吗，沃普兰斯顿？毫无疑问，你愿意和我们在一起。你可能有什么事要问博卡里先生？"

沃普兰斯顿欣然给予必要的许可。他也同意在询问阿布·博卡里时在场。毕竟，布拉姆利似乎非常自信。尽管他对任何重要的事情都抱着很小的希望，但他现在还是紧紧抓住这根救命稻草，他感谢这一切，他觉得大学城上空长期笼罩的神秘气氛要被驱散干净了。

布拉姆利、沃普兰斯顿和阿布·博卡里立即前往警察局长办公室。这位来自伦敦的便衣警察被允许继续出席到五点钟。如果一切顺利的话，他也许可以坐火车返回伦敦，火车大约在五点一刻左右从剑桥开出。

阿布·博卡里显然很紧张。他那双细瘦的手是淡棕色的，比他的大多数同胞的手都要纤细。在沃普兰斯顿的邀请下，他把一张椅子拉到桌边，手交叉放在面前，似乎微微颤抖了一下。

阿布·博卡里的脸色也比沃普兰斯顿想象中出生在西非的人要苍白。他的脸上没有一丝粗俗或邪恶的痕迹，沃普兰斯顿想象，在一个更舒适的环境中，一点幽默的光芒会使他深棕色的眼睛有神起来。他的小胡子刚刚长出来，浓密的羊毛状头发被人为地剪了个分岔，并尽可能地压平。他的衣服很新，是整洁的蓝色哔叽西装，看上去既时髦又精神。他背弃了自己种族对鲜艳颜色的热情，只有粉红色衬衫和衣领才流出一点点艳丽色彩。而紫色丝绸领带配上了一个尺寸惊人的仿钻石别针，更进一步点缀了他的魅力。他的手指上戴着切割粗糙的非洲首饰，外套的左袖上优雅地挂着一块丝质手帕，上面装饰着五颜六色的彩虹图案。

"很抱歉给你添麻烦了，博卡里先生。"

阿布·博卡里笑了，奉承显然使他高兴。布拉姆利内心对这种情况感到好笑，因为他知道，不惜牺牲政府的利益，诱使他以秘密的方式再次回到几个月前离开的那个国家，这只是对可能提出指控的隐秘威胁。

"能帮上你们的忙，我真是太高兴了。"

"你以前来过剑桥吗？"布拉姆利突然提出了这个问题。最好马上把这一点弄清楚。他意识到，如果他的怀疑是正确的，如果他给这个人在这个问题上拖延时间，可能会浪费很多宝贵的时间。

"是的。"阿布·博卡里立刻回答。但是，从他接下来几秒钟捻弄手指的样子可以看出，他担心他的坦白会带来不愉快的后果。

"我们当然知道，博卡里先生，你最初是在利物浦。你有一本名为沙龙·帕金斯的护照。你的父亲，一位地区官员——我想是奥古·卡拉瓦先生的父亲担任酋长的那个区域，把你送到利物浦一家船运公司当学徒，对吗？"

阿布·博卡里避开布拉姆利的目光，承认了事实。

"你去年十月为什么改了名字，又不告诉你的公司你要来剑桥？"布拉姆利是在冒险碰运气。到目前为止，还只是警方的一种推测，认为阿布·博卡里实际上是按照他现在的说法行事的。

"你看，我知道。也许你想用你自己的方式告诉我们你的故事。当然，我们不能强迫你，除非你违反了《外国人法》，我们对你没有任何指控。但在某些情况下，即使你违法了法律，我们也不能威胁强迫你。"

阿布·博卡里清楚地理解提问者讲话的意思。他的英语讲得很清楚，只是不时地穿插着几句"洋泾浜英语"，让听众听不太懂。但是他讲的故事听起来很有道理。

阿布·博卡里说他二十岁。在十八岁以前，他一直是一名学生，由他当副酋长的父亲出钱，送到老几内亚殖民地的酋长子弟的政府学校。从他还是个孩子的时候起，他父亲就打算把他培养成商人。这位老人已经形成了一种观点，认为一个受过教育的人赚钱的最好方法是从事贸易。根据他周围人的经验，要想在这样一个领域里取得成功，首先必须在一家有声望的欧洲公司里打下商业运营的全面基础。当阿布·博卡里从政府学校毕业时，他去父亲熟悉的利物浦一家航运公司当学徒，学习白人经营的业务。对阿布·博卡里来说，他从来不敢质疑父亲的权威，但经商从来就对他没有吸引力。学校里的其他学生，包括奥古·卡拉瓦和卡里夫·庞波利，注定要去别的地方，在阿布·博卡里看来，他们在追求更高的东西。他们要去英国剑桥大学学习，成为他们父亲所说的"绅士"。黑人的绅士观念与战前英国的绅士观念非常吻合，在某些地区甚至在那场大灾难之后也如此，显然那场灾难极大地颠覆了老一辈人的观念。在这种观点下，绅士就是不动手干活的人，他们对建立在簿记和贸易实践基础上的底层职业一无所知。

阿布·博卡里想成为像奥古·卡拉瓦和卡里夫·庞波利那样的学者。在他到达利物浦后不久，他们就去了剑桥。如果他能和他们取得联系，他们就能帮助他实现梦想。在航运公司干了几个星期的苦差事，使他更加确信自己不是来经商的。

相反，奥古·卡拉瓦和卡里夫·庞波利的经历让阿布·博卡里更确信，他要成为一个学者和一个"绅士"。他决定去剑桥，但他面临着钱的问题。如果他要继续领取父亲每月从非洲寄给他的零用钱，却不提供他的行踪，对他来说是很难的。他尽可能地攒钱，然后毫无预兆地离开了住处。他意识到《外国人法》的规定并没有得到很严格地执行，以假名在大学城的一个安静地方找到住处并没有什么困难。到了大学城后，他很茫然，不知道下一步该怎么办。最终，他与大学城的非洲朋友取得联系。

但即便如此，他也必须谨慎行事。他不知道他们会对他的出现做何反应。不管他怎样严令他们守口如瓶，他们还是很可能写信回家告诉父母他的下落。那他的整个计划就会受到威胁。他的父亲会听到他四处游荡的事，接着，他就会被人追踪，被遣送回非洲老家，或者更糟糕，被送回去做他讨厌的单调乏味的办公室工作。他仔细考虑了形势，想出了一个计划。他和一些在他父亲的地区定居的美国传教士谈过，他们给他讲了许多关于他们国家的故事，以及在那里，即使是最贫穷的人，只要有抱负和勇气，也可以获得大学教育的。美国的大学生，即使没有自己的经济能力，也能在假期里做各种各样的工作，以维持到课程结束。这些大学生挣的学费能够支付他们所加入的大学下一学期的费用。他在剑桥也可以这样做。他能做的事情有很多，他经常帮助父亲和他的妻子们种植作物——播种、种植水稻，清理土地上的树木和灌木丛用于耕种。

但阿布·博卡里和富有同情心的女房东谈了几次话后，他在这方面的希望破灭了。他一直都认为，大米是他自己国家土地上的主要作物，小麦是英国人的主要作物。在栽培方式上不会有太大的差别。但他悲哀地了解到，英国的农业生产线与他自己国家的模式大不相同，因此他只能被迫想其他办法。

阿布·博卡里在剑桥只逗留了几天。为了避免被人发现，他只在晚上四处游荡。最后他得出了这样的结论——自己的乌托邦之梦必须结束了。在绝望中，他突然想到了一个主意。他很奇怪为什么之前没有想到——他可以去找卡拉瓦或庞波利，从他们那里得到金钱或建议，或者两者兼得。在学校里他们并不是他特别好的朋友——他们的父亲比他的父亲更有钱，更有地位。但在这里，在英国，情况就不一样了。他们都是在异国他乡的外国人。然而，他知道庞波利和卡拉瓦之间的关系很紧张。他们的父亲一直被认为是竞争对手，非洲人倾向于在已经存在的地方继续血仇。他必须决定先找哪一个人——而且要快，因为他那微薄的财力即将耗尽，而他在剑桥无法找到任何工作。

阿布·博卡里不敢去拜访以前大学里的朋友，但他一直在观察他们的习惯，并认为在两个中，卡拉瓦将是更容易接近的。他决定，必须先和圣约翰学院的卡拉瓦取得联系。没过多久，他就发现了，卡拉瓦经常在晚上去拜访另一个非洲学生，一直沿着特朗平顿街走就会找到那个学生。卡拉瓦会在课程结束后离开学院，直接去那里，通常要到午夜学院大门关闭前半小时才回来。阿布·博卡里决定从十一点起每晚在贝特曼街闲逛，大约持续了一周，直到等到卡拉瓦。在返回圣约翰的路上，经过布鲁克赛德街的尽头，可能会遇到卡拉瓦。

在等候的第三个晚上，他成功了。他朝贝特曼街和布鲁克赛德街的交汇处望去，看见了卡拉瓦的身影，对方戴着帽子，穿着长袍，正匆匆朝镇中心走去。时机到了，他要和他以前的朋友打招呼，说明自己的身份。他现在已经绝望了，身上只剩下几先令了。如果卡拉瓦拒绝他所需要的帮助和建议，他将无路可走。他听见身后有两个人快步走过贝特曼街的脚步声。他必须在他们来之前追上卡拉瓦，他不愿被人看见。他又快又轻地沿着街道走去。在街灯的灯光下，他看见卡拉瓦在路上走着，就在那条小溪边上。这一地区就是从那条小溪得名的。他决定转到小溪边房屋旁的人行道上，与卡拉瓦所走的方向相反。如果他走得够快，在他走到岔路口之前，就能拦住他。岔路口向左是进城，向右是经过罗马天主教堂，进入圣安德鲁街。就在他转过拐角，几乎和卡拉瓦平行地走着的时候，他注意到另一个人也朝同一个方向走着。从他的步态就可以看出，他是个高个子老人，一直走在莱伊学校边上的人行道上。他觉得这个人也在跟踪卡拉瓦。他放慢了速度，卡拉瓦也追了上来，仍旧沿着小溪边的街道走着。他决定等一等比较安全。他能判断卡拉瓦什么时候可以到达公路的交叉点，他要待到海滩上没有人的时候，再飞快地跑到溪边去，在老城喷泉附近的拐角上跟自己的同乡打招呼。卡拉瓦现在已经从小溪两旁的树木后面消失了，那个高大的白人身影也不见了。他听见后面跟着他的两个人从贝特曼街走到特朗平顿街。他现在必须赶快跑到他选定的地方去见卡拉瓦。他以最快的速度跑着，来到了溪边的尽头，在喷泉边向左拐去。那里一个人也没有。那个上了年纪的高个子白人男子的身影仍然在马路的同一边，穿过菲茨威廉博物馆，迅速地消失在街道上，应该已经进了城里。他转过身回头看，卡拉瓦没有他跑得快。卡拉瓦发生什么事情了呢？贝特曼街上的两个人影也没有出现。他停了一会儿，然后什么也没听到，便断定他错过了要找的人，他必须再找个机会与卡拉瓦碰面。他沿着特朗平顿街慢慢往回走，在朝贝特曼街往回走的半路上，他看见小溪边有一小群人。

　　阿布·博卡里叙述的其余部分，与警方已经知道的情况完全吻合。警察在案件发生后发现的那个不知名的黑人的身份，现在通过询问被证明是阿布·博卡里。阿布·博卡里在他的故事结尾说："可是后来我才知道，我在莱伊学校旁边看见的那个人是韦奇伍德·坎伯利教授。我听说过很多关于他的事，以及他在大学里对黑人的偏见。虽然我没有亲眼看到发生了什么，但我肯定他就是凶手，我决心为我的同胞报仇。"

　　阿布·博卡里承认他是在老几内亚刺杀韦奇伍德教授的凶手，但现在他确信，他的怀疑是错误的，他真心为自己的所作所为感到后悔。

　　布拉姆利无权介入攻击教授这件事，这将会由非洲当局处理。他必须设法把这个新证据用于他正在调查的剑桥谋杀案。在悲剧发生后不久，在卡拉瓦被谋杀的地方，人们注意到那个神秘的非洲人，除了

232

确认他的身份之外，布拉姆利似乎并没有取得任何进展。

"恐怕，"阿布·博卡里说，"我只能告诉你这么多了。"

布拉姆利叹了口气。他倾向于相信他的证人说的是实话。如果不是这样的话，把他从非洲一路带到这里似乎是在浪费精力和金钱。

"如果只是这样的话，我很抱歉给你带来了麻烦。你说得很坦率，虽然我不赞同你袭击剑桥教授的做法，不管你多么不喜欢他们的观点——它似乎并没有造成什么真正的伤害。"

"还有一件事，"阿布·博卡里紧张地说，"我想这没什么大不了的。不过我想也许我应该给你们看看。"他摸了摸口袋，拿出了一个破旧的锡烟盒，锈迹斑斑——那种东西在伍尔沃斯可以花六便士买到，或者用天文数字的香烟优惠券换取这一份华丽的"免费"礼物。"当警察把尸体带走时，我为死者感到难过。我悄悄地回到那个地方，在没有其他人在场的情况下，看看是否能找到什么纪念品。我找到了这个信封，里面没有什么东西——只有一张照片。但我想里面的人一定是卡拉瓦的朋友。"

令布拉姆利和沃普兰斯顿吃惊的是，他把一张褪色卷曲的照片放在桌上。仔细一看，上面有两个他们现在都很熟悉的人物。一位年轻的女士和她的同伴坐在一个靠后的平底船上，正是教授的女儿多莉·坎伯利和来自三一学院的本科生帕特·弗莱姆利！

真相大白

一

"刚收到沃普兰斯顿的一条信息。真烦人！要我马上去见他。"

帕特·弗莱姆利穿好了法兰绒毛衣和运动夹克，他已经安排好了带多莉·坎伯利去河边。当他出现在帕克台的教授家，并且告知这个消息时，多利已经做好出发的准备。

"你不能改天去找他吗？"

帕特从口袋里掏出了警察的信。信装在一个官方信封里，上面写着：紧急。

"我不知道怎么回绝他。之前沃普兰斯顿不太想见我们了，他觉得我们是一群爱管闲事的业余爱好者，现在看来，他们似乎认为我们不那么讨厌了。当警察要求你去见他们时，你不能随便敷衍他们。你能打电话给杰弗里，让他代替我吗？他在红狮餐厅吃午饭，我知道，他还没离开那呢。"

"不，我想我不会打扰他的。"多莉用厌恶的语调哼了一声。

帕特·弗莱姆利察觉到了一些异样。"为什么？有什么事吗？和他吵了一架？"

姑娘似乎并不急于说话。但是帕特·弗莱姆利不愿意就这么轻易地让这件事过去。"他有时是个古怪的家伙，极其粗鲁无礼、随随便便。但这并不意味着什么。"

"我知道。"多莉回答，"他并没有无礼。我倒希望他是。"

"怎么，你这是什么意思？"帕特·弗莱姆利叫道。

"昨天晚上，刚吃过晚饭，他来拜访我，要我和他一起去看电影，一部关于西非的电影。我最近不想看到这地方的名字！我一整天都在帮爸爸打字——大部分是他在西非工作时的笔记。所以我说，如果他不介意，我宁愿不去。他说那我们去看一部没有西非风情的电影，我同意了。我觉得我需要放松一下。但是杰弗里看起来一点也不像他自己，我不明白他怎么了。直到电影结束，他陪我回家的时候，我才发现。"多莉厌恶地打了个寒战。

"当我们穿过帕克台时，他突然变得很伤感，问我愿不愿意嫁给他。他说他有这种感觉很久了，但不愿意说出来。我无法告诉你我有多难过。"当多莉说完时，眼里含着泪水。作为一个伙伴，她很喜欢杰弗里·克莱斯顿。但是她从来没有想过他会这样说。他从来没有表露过自己的感情。

"可怜的老杰弗里！对他来说真是个可怕的打击！"帕特·弗莱姆利确信多莉会爱上自己，所以他可以大度一些。此外，他真的很喜欢这个家伙。听到前一天晚上发生的事，他和多莉一样惊讶。"不管怎样，别为这事操心了，一切都会好起来的。杰弗里被你迷倒，我一点也不惊讶。当然，他不知道我们事实上已经订婚了，不是吗？那是你的错，是你还不想让别人知道这件事，所以你是在自寻烦恼。"

但看到姑娘真的很伤心，帕特·弗莱姆利吻了她，她也没有拒绝。

"好吧，让我们试着忘掉它吧。我不想让杰弗里痛苦。但说真的，我不知道他对我的感觉是那样的。可是啊，帕特，我多么希望你从来没有想过要到西非去。"

"还有很长时间呢，至少要一年以后了。在我最终通过考核之前，我必须完成所有功课。在那之前可能会发生很多事情，现在我真的得走了。沃普兰斯顿想马上见我。布拉姆利跟他在一起，他可能想回城里。事情一结束我就回来，那时也许还有时间到河边去。即使今天下午做不完事情，我们今晚也可以去。我们可以请杰弗里一起去。"

"不，不要这么快，尤其在昨晚之后。求求你！"

帕特·弗莱姆利答应了多莉的要求，又吻了她一下，就直奔警察局去了。

正如他所预料的那样，布拉姆利就在那里，于是他急忙向两位警官道歉。

"在我看来，"布拉姆利快活地说，"应该由我们来道歉。我们不想破坏你下午的兴致，你看起来好像有什么事要做，但我们不能没有你，这是非常重要的。"

在毫无征兆的情况下，布拉姆利拿出一个钱包，从里面拿出了阿布·博卡里在奥古·卡拉瓦被谋杀的现场发现的照片。

"你以前见过这张照片吗？"

帕特·弗莱姆利激动得满脸通红，两名警官也注意到了他脸色的变化。

"是的，我当然见过！"

"你还记得是在哪里，什么时候，谁拍的吗？"布拉姆利的语气很和蔼。

"是的，这张照片是去年夏天学期拍的。克莱斯顿、坎伯利小姐和我一起坐在一张平底船上。克莱斯顿有一台新相机,他想试试这台相机,这是他拍的第一张照片。"

"还有卡拉瓦和庞波利，我想克莱斯顿和你，都和他们有点头之交吧？克莱斯顿可能会给他们中的任何一个这张照片的副本吗？"

"我想，"帕特·弗莱姆利说，"那是极不可能的。不管怎么说，卡拉瓦和庞波利为什么要这张照片呢？"

"他们俩谁也没有对坎伯利小姐表示过爱慕之情吗？"布拉姆利追问道。

帕特·弗莱姆利脸红了。"有一天，我把坎伯利小姐介绍给了卡拉瓦。我都不记得是在哪儿了。我敢说，他肯定是被迷住了。但是他是一个非常安静和谦逊的人，我想他是不敢对一个白人姑娘放肆的，也不敢要她的照片的。"

"那庞波利，另一个人呢？"布拉姆利接着说，"从我的询问记录看，他并不是那么谦逊。他带姑娘到城里去吃饭，已经是司空见惯了吧？"

帕特·弗莱姆利同意了。科珀斯的每个人都知道这一点，他和帕特·克莱斯顿在那所学院都认识不少人，他们也听说了这些事情。

"我想我说得没错，对不对？有人把庞波利也介绍给了坎伯利小姐？"

布拉姆利看出帕特·弗莱姆利很紧张，不明白他问的是什么目的。

"听着，弗莱姆利先生，我不是想要陷害你。我向你保证，这件事与你一点关系也没有。在过去的一两天里，我脑子里一直有一个推测，现在它已经得到了一些事实的支持。你能告诉我的事情可能是非常重要的佐证。我希望你尽可能准确地回答我的问题。当然，你一定已经猜到了，我还在寻找那个剑桥凶杀案的谜底。"

布拉姆利再没有什么可问的了。帕特·弗莱姆利离开时，对事情的发展方向完全摸不着头脑。他注意到，剑桥的代理警察局长沃普兰斯顿对他同事的问题同样感到困惑。

"你能派一个人给我吗？只要一个小时，我想这不会花太多时间了。"

沃普兰斯顿表示同意。

"你能让你的人陪我到三一学院的宿舍去吗？"

布拉姆利打了一个电话。他与剑桥大学的看门人取得了联系，问他是否能提供一份在十月学期及之前听过韦奇伍德·坎伯利教授讲课的人的完整名单。这似乎有些困难。大厅门口放着一份名单，要求参加的学生签名，但是，就沃普兰斯顿所能收集到的情况来看，守门人对文件的准确性没有信心，它很可能已经被销毁。布拉姆利挂上了话筒，但他似乎并不失望。

"请允许我失陪一下，"沃普兰斯顿说，"我去谈谈，看看我们今天下午能不能腾出人手。"

沃普兰斯顿出去了。几分钟后他回来时，布拉姆利又在打电话了。

　　"你肯定，"布拉姆利问电话另一端的声音，"来听这些讲座的都是西德尼学院的人吗？"

　　布拉姆利似乎很放心，再次挂上了电话。

　　"好了，"布拉姆利说，"我暂时不打扰你了。我很抱歉给你添了这么多麻烦，但我想我可以向你保证，用不了多久，你的生活就会重回正轨。"

　　沃普兰斯顿还没来得及从惊讶中回过神来，布拉姆利已经走出了房间，他要求沃普兰斯顿关上房门，让派给他的警察跟他一起去西德尼学院。

二

　　布拉姆利回来时已经是晚上五点钟了。他似乎很累，但却很高兴，他不慌不忙地装好烟斗，点着了，然后坐下来，尽可能舒适地坐在沃普兰斯顿的访客椅上。

　　"我愿脱帽致敬，"布拉姆利最后说，"献给剑桥学院的看门人。"

　　这是代理警察局长沃普兰斯顿准备表示赞同的一句话，但在目前的情况下，他还没有看到赞同这句话的确切证据。

　　"我的意思是，"布拉姆利接着说，"他们负责看管年轻绅士们的进进出出。即使没有实际的名单，他们的记忆力还是很好的，能够给警察提供许多有用的信息。"

布拉姆利被敲门声打断了，一个勤务兵带着一份电报进来了。

"给我的？"布拉姆利问道，"我正等着伦敦的回信呢。"

勤务兵把信递给他。布拉姆利打开信封，看了看电报里的内容，然后叹了口气，把信折起来，放进口袋里。沃普兰斯顿对他的沉默感到奇怪。

"这件事我以后再解释，"布拉姆利说着，敲了敲他放那张纸的口袋，"等我把我要告诉你的情况讲完，事情就会清楚了。"

"我敢说，你一定记得，有一天你在这个房间里，就这个房间，你的上司试图追查我们现在知道的叫阿布·博卡里的那个年轻人的身份和下落。那个年轻的克莱斯顿在警察局，他是为了了解事情的进展情况过来帮忙的吗？"布拉姆利问道。

沃普兰斯顿点点头。

"你记得你很惊讶，当时迪卡普特在案件上似乎没有取得多大进展，但他说他有一个新的推测——认为杀害两个黑人的凶手不是黑人，而是白人？"

沃普兰斯顿再次点头。

"当然，我不知道迪卡普特在想什么。他可能只是想在一个业余大学生侦探面前掩盖自己的无知，而这个大学生对这项工作表现出的热情比他开始感觉到的要多。无论如何，在我看来，正是这些话决定了他的命运。”

沃普莱斯顿大吃一惊。“这怎么会呢？”

“他说这话的时候，谁在房间里？”布拉姆利问道。

“为什么这么问？”沃普兰斯顿问，他比以往任何时候都更加困惑，“只有克莱斯顿、弗莱姆利和我。”

“我不怀疑你或弗莱姆利。”布拉姆利回复道。

“那么你的意思是……”

“杰弗里·克莱斯顿要为卡拉瓦、庞波利和警察局长迪卡普特的死负责，并间接地为袭击教授负责。”

布拉姆利把这个结论告诉了震惊的代理警察局长沃普兰斯顿。以前，他一直在黑暗中工作，当他知道了迪卡普特所说的那句话的后果之后，为了进行审判，他就要找出一个特定的人——这个人的行为可以被追踪，他的反应也可以被记录下来。那个人就是杰弗里·克莱斯顿。一旦他有了一个出发点，他就能继续他的调查。

布拉姆利没有料到好运气落到他的头上。就在那天下午，他和西德尼·苏塞克斯学院的看门人见了面。看门人说，在那个令人难忘的十一月的夜晚，杰弗里·克莱斯顿从课程结束后不久就离开了学院，一直到午夜前几分钟才回来。他上气不接下气地走了进来，看门人想起他身上有股烈酒味，看起来喝了不少酒。这对警察局长迪卡普特被谋杀当晚的调查更有启发性。杰弗里·克莱斯顿在课程结束后不久，就又离开了学院，并告诉看门人，他有急事要去伦敦一趟，要到第二天某个时候才能回来。为了证明他的话，他给看门人看了由导师签字的离校许可。看门人告诉布拉姆利，杰弗里·克莱斯顿在圣安德鲁街的一个车库里放了一辆两座的小汽车。那天下午在车库里进行的调查向布拉姆利证明——在迪卡普特被谋杀的当晚，杰弗里·克莱斯顿告诉租车的车主，他将在第二天凌晨，即拂晓后不久前往伦敦，并要求他做好准备让自己早点出发。车主得到了一笔额外的费用，所以同意了他的要求。第二天一早，车主把车子交给了他。杰弗里·克莱斯顿拿着一个棕色的小包裹，他直到第二天深夜才回来。学院的看门人再次证实，这位大学生直到午夜前不久才回到西德尼·苏塞克斯学院。

但动机的问题仍然没有找到答案。杰弗里·克莱斯顿一定对黑人种族有着近乎疯狂的情结。进一步调查显示，他是参加韦奇伍德·坎伯利教授讲座的人之一，他本人也是要去西非服役的候选人之一。从沃普兰斯顿和迪卡普特所陈述的情况来看，布拉姆利知道，人们经常看到杰弗里·克莱斯顿与多莉·坎伯利和帕特·弗莱姆利在一起。杰弗里·克莱斯顿不可能不被那个漂亮的年轻女子的魅力迷住。布拉姆利注意到多莉头发的颜色，他记得在庞波利被杀后接受检查时，曾在庞波利的房间里见过一根类似的头发。那个显露出多情倾向的黑人学生是不是在向多莉求爱呢？把理发师提供的头发和信封里的头发比对之后，使这个设想有了一定的可能性。他们现在知道多莉是在一家电影院被介绍给庞波利的，当时庞波利就坐在她的正后方。他是不是在动情的时候，从这位年轻女士的头上取下了一些头发？而满心嫉妒和种族仇恨的杰弗里·克莱斯顿开始怀疑到这一点了？从谋杀案发生后庞波利书桌被发现的情况来看，凶手在犯罪前确实让受害者在抽屉里寻找过什么东西。看起来好像他自己拿走了什么东西。杰弗里·克莱斯顿所取走的可能是那个多情的黑人偷偷获取的头发。

他们知道多莉也曾经见过卡拉瓦，而且没有给她留下不好的印象。杰弗里·克莱斯顿在另一个非洲人身上看到可能的对手了吗？当然，从严肃意义上讲，不是这样的。但是，如果加上假定的种族情结，这就足以使这个嫉妒的小伙子生气了。

正如布拉姆利所说的那样，这一切似乎都很疯狂，但许多杀人犯都是这样疯狂，否则他们就不会有杀人的倾向。布拉姆利只是在陈述自己的发现。在十月那个漆黑的夜晚，杰弗里·克莱斯顿有足够的机会埋伏在无人的溪边，在不被人发现的情况下，利用他不知怎么弄到的那支小型自动手枪，干掉了卡拉瓦。当时附近没有人，韦奇伍德·坎伯利教授在路的另一边。据他们所知，从车站来的两名大学生当时还没有拐过贝特曼街的拐角。阿布·博卡里承认他在袭击现场被树木遮住了视线。对杰弗里·克莱斯顿来说，如果是他的话——有足够的机会逃走。根据布拉姆利的理论，此前他已经除掉了庞波利。在谋杀发生时，对学院的调查显示，任何人都可以很容易地以访客的身份进来，爬上空荡荡的楼梯，进入庞波利的房间，谋杀这个非洲大学生，然后像他来时一样安静地离开，而不曾引起看门人或其他人的注意。

"我想，"布拉姆利说，"如果不是迪卡普特当着他的面说了那句话，并且毫无理由地让他害怕被人发现，我们是不会像我相信的那样解开剑桥谋杀案之谜的。我一路调查下来，就毫不费力地看出是谁从彼得学院伯纳德·特拉弗斯的房间里拿走了左轮手枪。在平底船里发现的子弹是杰弗里·克莱斯顿扔的备用子弹。他太粗心了，就像许多杀人犯经常做的那样——尤其是那些疯狂的杀人犯，对于最终会产生影响的小事粗心大意。你应该还记得，据说克莱斯顿是经常去拜访卡拉瓦的人之一。当然，阿布·博卡里找错对象了，他认为是韦奇伍德教授杀害了他的同胞，他愚蠢地以为，因为这个老人对剑桥大学里的黑人有强烈的看法，老人就会把这些看法付诸实践：为了自己的理论而在剑桥除掉几个黑人！"

"还有几件事要补上，"沃普兰斯顿说，他对自己刚才听的陈述感到有些吃惊，甚至不愿相信，"我猜你下一步是申请对克莱斯顿的逮捕令吧？"

布拉姆利从口袋里掏出电报。

"我认为，"他平静地说，"这是没有必要的。我想借你的人，是为了以防我有危险，我要确保我安全。在学院里，我发现了克莱斯顿通常住在伦敦的什么地方。看门人说他看上去有点古怪。他昨天晚上好像受到了打击，或是失望什么的，今天上午他去了伦敦。你看一下刚才的电报。"

沃普兰斯顿从布拉姆利手中接过电报，读道："布拉姆利，剑桥警察局：沃森刚刚回到警局。苏荷俱乐部报道说，杰弗里·克莱斯顿在房间内被一枚小型自动手枪击中身亡。请尽快通过电话了解详情。"

"这是可能发生的最好的结局了。我为那个可怜的家伙感到难过。但我们的西非朋友也应该知道，像克莱斯顿那样的人并不是一个理智的人。不过我认为，我们的教授朋友今后在讲课和在媒体上发表言论时，应该更加谨慎一些。"

三

第二天早上，多莉·坎伯利在报纸上读到一个奇怪的故事，而教授却出奇的沉默。她请求父亲原谅后，回到自己的房间去了。午饭时间下楼时，她的眼睛被刚刚流下的泪水弄湿了。她很少说话，直到那天下午帕特·弗莱姆利来看她。现在，已经没有必要把整个悲惨的故事讲一遍，他们知道，杰弗里·克莱斯顿一向是一个让人很愉快的伙伴，现在想起他却不时地感到沮丧和陌生。

多莉对两天前发生的那件事感到内疚。"可怜的杰弗里！我很抱歉。当他还是他自己的时候，他不可能做出那样的事，也不可能那样对我说话。但是，哦，帕特，请不要到西非去！"

在这么短的时间内做出这个重大的决定，它影响着一个人的人生。在那一刻，帕特·弗莱姆利答应先考虑一下，然后吻了一下多莉·坎伯利，使她安静下来——这个吻弥补了她所遭受的许多痛苦。

图书在版编目（C I P）数据

剑桥谋杀案 ／（英）亚当·布鲁姆著；李婷婷译
. -- 上海：上海文艺出版社，2022
（域外故事会推理小说系列）
ISBN 978-7-5321-8415-6

Ⅰ . ①剑… Ⅱ . ①亚… ②李… Ⅲ . ①推理小说－英
国－现代 Ⅳ . ① I561.45

中国版本图书馆 CIP 数据核字（2022）第 139017 号

剑桥谋杀案

著　　者：[英] 亚当·布鲁姆
译　　者：李婷婷
责任编辑：蔡美凤　吴　艳
装帧设计：周艳梅
责任督印：张　凯

出　　版　上海文艺出版社
出　　品　上海故事会文化传媒有限公司
　　　　　（201101 上海市闵行区号景路159弄A座3楼 www.storychina.cn）
发　　行　上海文艺出版社发行中心
　　　　　（上海市闵行区号景路159弄A座2楼206室）
印　　刷　上海中华印刷有限公司
开　　本　889毫米x1194毫米　1/32　印张8.125
版　　次　2022年11月第1版　2022年11月第1次印刷
I S B N：978-7-5321-8415-6/I·6643
定　　价：35.00元

上海故事会文化传媒有限公司 出品（01086）www.storychina.cn

想看更多精彩故事？
扫码下载故事会APP

上海故事会文化传媒有限公司所有图书可办理邮购，免收邮费（挂号除外）
汇款地址：上海市闵行区号景路159弄A座2楼206室（201101）
收款人：上海故事会文化传媒有限公司出版发行部
联系电话：021-53204159
如发现本书有质量问题，请与印刷厂质量科联系 T：021-60829062